ALLES NUR GESPIELT?

HEIDI JÄGER

CHEEKY LORIS

KAPITEL EINS

SABRINA

"Warum habe ich dem jemals zugestimmt?", stöhnte Vivian.

"Oh, bitte." Ich grinste und stieß sie an, um sie anzuweisen, nach rechts zu gehen. "Offensichtlich hast du zugestimmt, weil du gespannt darauf bist, was für eine Überraschung ich für dich habe."

Sie schaute beleidigt. "Ich weiß nicht, warum ich mich jemals von dir zu etwas überreden lasse. Ich sollte inzwischen wissen, dass es immer schrecklich schiefgeht."

"Komm schon. Wir haben die U-Bahn erst vor zehn Minuten verlassen." Ich sah unser Ziel in der Ferne und meine Schritte beschleunigten sich. "Wir sind fast da."

Sie ächzte lauter, hielt aber mit mir Schritt. Vivs Bereitschaft, bei meinen verrückten Plänen mitzumachen, war das, was ich an ihr liebte. Nun, eines von vielen Dingen, die ich an ihr liebte.

Neben ihrer Geduld hatte sie auch einen brillanten Verstand, einen geistreichen Humor und eine natürliche Reife, die sie älter als ihre vierundzwanzig Jahre erscheinen ließ. Sie war ein zynischer, fast pessimistischer Typ, die ihre sanfte, zarte Seite tief unter Verschluss hielt. Nur diejenigen, die sie gut kannten, sahen einen Hauch von ihrem riesigen, großzügigen Herzen.

Dann waren da noch ihre meergrünen Augen, ihr üppiges rotes Haar und die Sommersprossen, die zufällig - und bezaubernd - über ihre Wangen verteilt waren. Ganz zu schweigen von ihrer kurvenreichen Figur und ihrem lockeren und femininen Stil.

Okay, also hatte ich ein bisschen was für sie übrig. Und ja, das ging jetzt schon seit etwa... oh... vier Jahren etwa. Keine große Sache! Wir waren Freundinnen und das war gut so.

"Ich dachte, du sagtest, wir wären fast da." Sie hielt inne, um ihre Hand auf ihre Hüfte zu legen.

"Wir sind es. Das ist es!" Ich bog in die Einfahrt zu unserer Rechten ein und ging zum Eingang des Gebäudes.

Sie blieb, wo sie war, und sah zuerst auf das Schild und dann auf mich. "Die Brooklyn-Tierschutzstiftung, Sabrina? Was ist das, ein Tierheim?"

Ich grinste, streckte die Hand aus und winkte mit dem Finger. "Komm herein und finde es heraus."

Ihre hübschen Gesichtszüge zeigten sichtbare Zweifel. "Du holst dir bitte keine Katze."

"Nein, tue ich nicht." Ich ging rückwärts und forderte sie auf, mir zu folgen, bis wir vor der Vordertür standen.

Als wir drin waren, lächelte uns die Frau am Schreibtisch an. "Hallo! Seid ihr wegen der Adoptionsveranstaltung hier?"

Viv packte mich an der Schulter. "Bree!"

"Ich hole mir keine Katze. Ich verspreche es." Ich gab ihr das unschuldigste Blinzeln, das ich aufbringen konnte.

Die Frau am Schreibtisch kam vorbei, um sich uns anzuschließen. Ihr Namensschild lautete: Janine, Koordinatorin für Tieradoption. "Ich vermute, ihr seid wegen der Adoptionsveranstaltung für Welpen hier", sagte sie.

Viv starrte mich an.

"Was denn?", fragte ich. "Wir müssen keinen Welpen nehmen, wenn du nicht willst."

"Natürlich will ich das. Wer würde nicht einen Welpen wollen? Ich habe nur..."

Sie hielt inne und schüttelte den Kopf. Natürlich wusste ich bereits, was sie dachte. Es war nicht der richtige Zeitpunkt in meinem Leben, um eine so große Verantwortung zu übernehmen.

Ich war gerade erst nach Brooklyn gezogen, hatte daher noch keine eigene Wohnung, sondern wohnte im Moment bei ihr. Ich hatte gerade erst einen Job gefunden und der war nicht mal besonders. Dateneingabe, die Bezahlung lag nur etwas über dem Mindestlohn. Und selbst wenn mein Leben völlig in Ordnung gewesen wäre, war ich wahrscheinlich zu unverantwortlich, um überhaupt einen Welpen zu besitzen.

"Wir werden uns die Welpen nur ansehen", sagte ich und starrte Janine an, damit sie auch zuhören konnte. "Ich wollte sie bewundern und mir ein paar Gedanken über meine zukünftigen Hundekinder machen. Das ist alles."

Von dem Moment an, als ich die E-Mail bezüglich der Welpenadoption erhalten hatte, hatte ich darüber nachgedacht, wie süß Vivian aussehen würde, wenn sie von winzigen Hunden umgeben wäre. Ihre sanfte Seite kam mit Tieren um sie herum heraus und es ließ mich dahinschmelzen. Noch mehr, als es in ihrer Nähe normalerweise schon der Fall war.

"Ich denke, es kann nicht schaden, einen Blick auf sie zu werfen", sagte Viv vorsichtig. "Wir nehmen aber kein Haustier mit."

"Nicht mal einen Hamster?", fragte ich und stieß sie in die Rippen.

"Definitiv keinen Hamster! Verfluchte, verherrlichte Nagetiere..."

Siehst du, was ich damit meinte, dass sie zynisch ist? Wer mag keine Hamster? Sie sind alle klein, flauschig und bezaubernd, mit ihren kugelförmigen Augen, den Schlappohren und den winzigen Pfoten. Verdammt, ich hatte gerade nur einen Witz gemacht, aber jetzt wollte ich wirklich einen Hamster. Ich würde ihn Hammy Sammy nennen und...

Janine führte uns den Flur hinunter. "Wir haben hier eigentlich keine Kleintiere. Wir haben Katzen, Hunde und gelegentlich kranke oder verletzte Wildtiere."

"Ich könnte einen Kojoten adoptieren?", fragte ich mit großen Augen.

"Nein", lachte Janine. "Wenn wir wilde Tiere aufnehmen, ist das Ziel, sie wieder in die Natur zu entlassen."

"Oh."

"Wir wollten keinen Kojoten adoptieren, Bree", sagte Viv.

Janine lächelte uns an, als wir in ein anderes Zimmer gingen. "Ihr zwei seid süß."

Ich erkannte durch den Tonfall in ihrer Stimme, dass sie meinte, wir wären ein süßes Paar. Es war ein leicht zu machender Fehler. Viele Fremde dachten, wir wären zusammen.

Keiner von uns machte ein Geheimnis daraus, dass wir extrem lesbisch waren. In meinem Fall handelte es sich um eng sitzende Jeans und verkehrt herum aufgesetzte Baseballmützen über meinen schulterlangen, braunen Haaren. Ich nannte meinen Look "Tomboy Style".

Vivian war ein wenig femininer, aber auf eine "Alles-egal"-Weise. Im Sommer kombinierte sie schlichte Shorts mit Tank-Tops und im Winter Jeggings mit einem Blazer. Im Moment war es Mitte Juli, also trug sie ein T-Shirt ihrer Lieblingsband und schwarze Shorts, die ihre wohlgeformten Beine zeigten.

Ich vermutete, dass wenn die Leute uns zusammen sahen, sie automatisch annahmen, dass wir ein Paar waren. Bei meinen anderen lesbischen Freundinnen war das nicht der Fall. Vielleicht machte die Art und Weise, wie wir miteinander umgingen, deutlich, dass wir uns schon lange kannten und eine tiefe Zuneigung füreinander empfanden.

"Oh, das sind wir nicht...", fing Viv an zu sagen.

Ich hasste diesen Teil. Jedes Mal, wenn dies geschah, machte sie deutlich, dass wir nur Freundinnen waren, nie Sex hatten, nie Sex haben würden und definitiv keine Gefühle füreinander hatten. Ich meine, alles, was sie tatsächlich sagte, war:

"Wir sind nicht zusammen", aber ich konnte den Rest daraus schließen.

Also unterbrach ich sie und schrie: "Welpen!"

★

KAPITEL ZWEI

VIVIAN

Sabrina packte meinen Arm und schleppte mich zu dem Käfig an der Wand gegenüber von uns. Schlechtes Timing, da ich gerade dabei war, zum millionsten Mal zu erklären, dass wir nicht in einer Beziehung waren.

Ich hatte die Nase voll von Fremden, die annahmen, dass wir zusammen waren. Wie, hatten wir uns etwa berührt? Geküsst? Nannten wir uns gegenseitig "Schatz"? Nein, aber anscheinend reichte es aus, wenn zwei lesbisch aussehende Frauen zusammen herumhingen, um sie zu einem Paar zu erklären. Und jedes Mal, wenn jemand den Fehler machte, stach mir ein weiterer kleiner Dolch ins Herz.

Meine Irritation dauerte aber nur eine Sekunde, weil ich die winzigen Tiere sah, die sich im Käfig zusammenkuschelten. "Oh mein Gott", flüsterte ich.

Es waren fünf von ihnen - nein, sechs. Einer hatte sich unter dem anderen versteckt und ich wäre verdammt, wenn das nicht das Süßeste wäre, was ich je gesehen hätte. Alle waren grau und flauschig, mit riesigen Augen, die zu groß für ihr Gesicht waren. Sogar ihre Ohren waren bezaubernd unverhältnismäßig groß. Ich wollte zwischen die Stäbe greifen und eines dieser kleinen Ohren umdrehen.

"Bist du nicht der süßeste, hübscheste, attraktivste kleine Welpe auf der ganzen Welt?", gurrte Sabrina. Sie sah mich sehnsüchtig an. "Findest du nicht, dass sie einfach bezaubernd sind?"

Ich weigerte mich, so widerlich süß zu wirken wie sie, aber in meinem Kopf sah es nicht anders aus. "Sie sind in Ordnung", sagte ich steif.

Hinter uns lachte Janine. "Habt ihr auch den Rest von ihnen gesehen?" Sie zeigte auf die Käfige auf beiden Seiten des Käfigs, den wir gerade anschauten und dann auf die über und unter dem Käfig.

Heilige Scheiße. Da war eine ganze Wand aus Welpen in Käfigen. "Woher kommen die denn alle?", fragte ich und versuchte, ruhig zu klingen. "Ich dachte, es wäre selten, dass ein Tierheim Welpen hat. Sind es normalerweise nicht ältere Hunde, die zur Adoption freigegeben sind?"

"Sie kamen aus einer Welpenfabrik", erklärte Janine. "Der Laden wurde wegen seiner grausamen Praktiken gemeldet und wurde geschlossen, also landeten die Welpen hier."

"Wow." Ich schaute von einem Käfig zum nächsten. Alle Tiere waren so klein und verschiedene Rassen waren vertreten. Von Golden Retrievern über Border Collies bis hin zu Basset Hounds. "Es ist erstaunlich, dass sie in der Lage waren, sie zu retten. Sind alle in Ordnung?" Ich wollte definitiv etwas an diese Organisation spenden und berechnete bereits, wie viel ich mir leisten konnte.

"Nein, leider nicht", sagte Janine leise. "Einige werden vielleicht ihr ganzes Leben lang gesundheitliche Probleme haben, teils durch Inzucht, teils durch die Bedingungen, in denen sie sich befanden."

Sabrina schwieg etwa eine Minute, ging von einem Käfig zum nächsten und sah sich all die verschiedenen Welpen an. Jetzt sah sie uns an. "Kann ich sie herausholen?"

"Selbstverständlich." Janine zeigte ihr, wie man einen Käfig öffnet und wie man einen Welpen hält.

Sabrina sah in meine Richtung. "Komm, nimm auch einen."

"Nein, danke."

"Im Ernst? Du siehst sie bereits an. Warum hältst du nicht einen?"

Ich zeigte auf den winzigen Fellball in ihren Händen. "Ich werde mich in dieses Ding verlieben, wenn ich es berühre, und das wäre nicht cool."

Sabrina kicherte. "Schön, ich werde sie einfach alle alleine halten." Sie steckte den Welpen wieder in den Käfig und holte einen anderen heraus, der sich prompt zu winden begann. Er war etwa zehn Zentimeter groß und seine Augen waren kaum geöffnet.

Okay, scheiß drauf. "Gib mir einen."

"Ich dachte, du willst dich nicht verlieben", sagte sie mit einem Grinsen und hielt den kleinen Kerl außerhalb meiner Reichweite.

"Ich werde darüber hinwegkommen. Ich muss einen halten."

"Zu schade. Sie sind alle für mich."

"Bree!" Ich stürzte mich auf sie und versuchte, den Welpen in die Hände zu kriegen. Aber sie sprang zu schnell weg und ließ nichts anderes als einen Hauch ihres Erdbeerduftes zurück.

"In Ordnung, gut", sagte sie. "Du nimmst den hier. Ich nehme noch einen."

Sie reichte mir den kleinen Welpen und öffnete einen weiteren Käfig. Ich hatte den vagen Eindruck, dass sie mit Janine plauderte, Small Talk oder so, aber ich hörte nicht mehr zu.

Mein Herz schmolz sofort, als ich den Welpen nahm. Er war so - verdammt - winzig. Und so flauschig. Er hatte dickes graues Fell. Ich war mir nicht sicher, welche Rasse es war, aber er schien ein Chow-Chow zu sein.

Sein Gesicht war ganz zusammengeknautscht und sein Schwanz war nur ein Stummel. Er drehte sein Gesicht in meine Richtung und blinzelte, als ob er versuchte, mich besser zu sehen.

Als er sich noch mehr in meinen Händen wand, fragte ich mich, was passieren würde, wenn ich ihn auf den Boden setzen würde. Könnte er bereits alleine auf dem Boden herumkrabbeln? Ich musste Janine fragen, ob das erlaubt war. Seine kleinen Krallen stachen in meine Haut; nicht schmerzhaft, sondern auf niedliche Weise. Seine Zunge hing aus seinem Mund und ich hätte schwören können, dass er glücklich war, dass ich ihn streichelte...

"Lasst euch Zeit", hörte ich Janine zu Sabrina sagen. "Ich bin vorne, falls noch jemand kommt."

Ich streichelte den Welpen noch ein paar Minuten, bis Sabrina mich in die Rippen stieß. "Froh, dass ich dich hierhergeschleppt habe?", fragte sie.

"Ich schätze schon." Ich streichelte das Baby noch einmal und wollte es nicht wieder in den Käfig legen. "Bist du bereit zu gehen?"

"Sicher." Sabrina blickte zurück zu den Käfigen und rief: "Tschüss, ihr Welpen!"

"Tschüss, Lady Gray!", rief ich.

Sabrina blieb auf halbem Weg zur Tür stehen. "Du hast dem Welpen schon einen Namen gegeben?"

"Ich meine..." Ich fuhr mir mit der Hand durch die Haare. "Es ist in Ordnung. Ich weiß nicht mal, ob es ein Junge oder ein Mädchen ist, also ergibt es vielleicht keinen Sinn."

"Du hast sie nach dem Tee benannt, den du immer trinkst."

"Es schien einfach zu ihr zu passen." Ich ging schnell auf den Flur zu. "Lass uns gehen."

"Nicht so schnell!" Sabrina versperrte mir den Weg. "Du hast dich verliebt, nicht wahr?"

"Sei nicht albern."

"Weil ich darüber nachgedacht habe, einen dieser braun-weißen Welpen aus dem Käfig da drüben zu adoptieren, aber wenn du Lady Gray behalten willst..."

Ich wollte Lady Gray behalten. Um jeden Preis, um ehrlich zu sein. Aber ich konnte mir keinen Hund zulegen, besonders da meine Wohnung so klein war und ich keinen Garten hinter dem Haus hatte.

Das Nächstbeste wäre, wenn Sabrina den Welpen adoptieren würde. Ich würde den Welpen immer noch sehen, auch wenn Sabrina auszog. Aber sie war noch schlechter dran als ich.

"Du kannst keinen Welpen adoptieren", sagte ich. "Du hast nicht mal eine eigene Wohnung."

"Diese Adoptionsveranstaltungen für Welpen finden nicht jeden Tag statt. Ich bin sicher, ich könnte es irgendwie hinbekommen, wenn ich es wirklich wollte."

"Was wirst du Janine vorne sagen?", fragte ich. "Sie wird wissen wollen, wie du dich um das arme Hündchen kümmern willst."

"Easy." Sabrina grinste mich an. "Wir werden ihr sagen, dass wir sie gemeinsam adoptieren. Schließlich leben wir zusammen."

★

KAPITEL DREI

SABRINA

Meine Hände zitterten leicht, als ich das Formular in Janines Klemmbrett ausfüllte. Ich hatte wirklich nicht geplant, heute einen Hund zu adoptieren. Und ich wusste, dass es nicht gerade das Klügste war. Als ich jedoch sah, wie Vivian den Welpen ansah, konnte ich nicht zulassen, dass sie ihn zurückließ.

Ich mochte den kleinen Pelzball auch. Vor allem, weil der Besitz sicherstellen würde, dass Viv nie aufhören könnte, meine Freundin zu sein. Selbst wenn ich auszog, würde sie sicher oft vorbeikommen, um Lady Gray zu sehen.

Ja, ich wollte ihr den Namen geben, den sie gewählt hatte. Mir gefiel der Name und ich hätte ihn mir selbst ausgedacht, wenn ich kreativ genug wäre. Aber die Tatsache, dass ich in sie verknallt war, spielte überhaupt keine Rolle bei meiner Entscheidung... Auf keinen Fall.

Als ich fertig war, gab ich die Zwischenablage an Janine zurück und sie gab mir ein Faltblatt. "Hier ist eine Broschüre über Welpenpflege", sagte sie. "Sie erfordern viel Liebe und

Aufmerksamkeit. Ich hoffe, einer von euch ist tagsüber zu Hause."

"Ja, Vivian ist es", sagte ich, ohne nachzudenken.

Während ich nur in meinem langweiligen Job als Datentypistin arbeitete, hatte sie eine echte Karriere. Sie hatte bereits während des Studiums angefangen, Events zu planen und jetzt war sie eine erfolgreiche Hochzeitsplanerin. Sie war bescheiden, was ihren Erfolg anging, aber sie hatte eine ellenlange Warteliste. Normalerweise, wenn sie nicht mit einem Kunden oder auf einer Hochzeit unterwegs war, war sie den ganzen Tag zuhause.

Aber sie sollte nicht Lady Grays Besitzerin sein.

Vivian kuschelte Lady Gray an ihre Brust. "Bree, bist du dir absolut sicher, dass das eine gute Idee ist?"

"Natürlich ist es das." Ich war mir ziemlich sicher, dass es das nicht war, aber... na ja... ich würde es irgendwie hinbekommen.

"Wir gestatten, dass Tiere jederzeit zurückgegeben werden können", sagte Janine. "Wenn ihr feststellt, dass ihr nicht in der Lage seid, euch um Lady Gray zu kümmern, könnt ihr sie einfach zu uns zurückbringen. Eure Adoptions-Spende wird allerdings nicht zurückerstattet."

"Siehst du, Schatz?", sagte ich. "So oder so, es ist alles kein Problem."

Viv starrte mich wütend an. Ich hätte schon früher mit dieser "Freundin"-Masche eingesetzt, wenn ich gewusst hätte, dass sie so bezaubernd sauer sein konnte. Ich mochte es, sie zu reizen. Aber es tat auch weh zu wissen, dass sie die Vorstellung, mit mir zusammen zu sein, so sehr hasste.

"Das ist toll", sagte Janine unbeirrt. "Ich bin sicher, ihr werdet alle sehr glücklich miteinander sein."

Ja, hoffentlich! "Vielen Dank", sagte ich und nahm Lady Gray aus Vivs Händen. "Ich rufe an, wenn etwas schiefgeht."

"Auf jeden Fall." Janine nahm eine Kamera, die ich zuvor noch nicht gesehen hatte. "Macht es dir was aus, wenn ich ein paar schnelle Fotos mache? Wir hängen sie gerne an die Wand, um auf erfolgreiche Adoptionen hinzuweisen." Sie deutete auf eine Tafel an der Wand, an der tatsächlich reihenweise Bilder von glücklichen Menschen hingen, die Hunde und Katzen hielten.

Wir stellten uns zusammen und legten unsere Arme umeinander. Wie immer, wenn wir uns berührten, tat ich mein Bestes, um den Nervenkitzel zu ignorieren, den Vivians Körper verursachte. Ihr Jasminduft wehte zu mir und ließ mein Herz schneller schlagen.

"Wer soll den Welpen halten?", fragte sie.

"Eine von euch beiden", sagte Janine. "Oder warum nicht beide zusammen?"

"Lass uns verschiedene Fotos machen, Schatz", murmelte ich. "Und was ist mit einem, wo wir uns gegenseitig in die Augen schauen?"

Janine schoss ein paar Bilder, als wir Lady Gray tauschten. "Das ist toll", sagte sie zu sich selbst.

War das eine Überraschung? Angesichts der Tatsache, wie unglaublich bezaubernd der Welpe war, und Vivians offensichtlicher Schönheit, wusste ich bereits, dass diese Bilder fantastisch werden würden.

"Nochmals danke", sagte Janine, als sie die Kamera weglegte. "Zögert nicht, mich anzurufen, wenn ihr Fragen habt oder etwas braucht. Ich bin hier zu erreichen."

"Klingt toll", sagte ich.

Sie bot uns einen Kartonträger für Lady Gray an. Ich hoffte, dass ich in ein paar Tagen nicht wieder hier sein würde, um mit Janine über diese Rückgaberichtlinien zu sprechen. Ich wollte wirklich, dass es mit Lady Gray klappte.

"Viel Glück euch dreien", sagte Janine und sah uns liebevoll an. "Ich wünsche euch alles Gute."

Wir dankten ihr noch einmal und gingen zur Tür. Ich zog mein Telefon heraus, um ein Taxi zu rufen, während Viv den Träger öffnete, um den Welpen noch etwas mehr zu bewundern.

Und das war das Ende... oder so, dachte ich.

★

KAPITEL VIER

VIVIAN

Herzlichen Glückwunsch zu deinem neuen Welpen, Viv! Ich habe gesehen, dass du und Sabrina jetzt auch zusammen seid - wurde auch Zeit!

Mein Magen drehte sich um, als ich die Textnachricht meiner langjährigen Freundin las. Woher wusste Deanne von Lady Gray? Und was sagte sie über mich und Sabrina?

Ich begann, eine Antwort einzugeben und löschte dann alles. Diese Textnachricht erforderte einen Anruf. Selbst, wenn ich gerade mitten in der Tierhandlung war.

Ich war hier, um für Lady Gray einzukaufen. Bree betreute sie gerade zu Hause, da keiner von uns wollte, dass der Welpe momentan allein gelassen wird. Sie hatte gesagt, dass ich diejenige sein sollte, die zu Hause bleiben und Lady Gray babysitten sollte, da das der lustige Teil war. Aber als ich darauf bestand, dass sie bleiben sollte, hatte sie mir ihre Kreditkarte gegeben. Ich hatte nicht vor, sie zu benutzen. Ich konnte mir diese Ausgaben besser leisten als sie und wir wussten beide, dass ich die zweite Mutter von Lady Gray werden würde - zumindest während Sabrina bei mir lebte.

Als ich an einigen Regalen von Vogelfutter vorbeikam, rief ich Deanne an. "Was ist los?", fragte sie atemlos. "Erzähl mir alles!"

"Wovon genau redest du?", fragte ich und fuhr mit dem Finger über das Holz eines Vogelhäuschens." Hast du keinen bezaubernden Welpen bekommen? Waren das nicht du und Sabrina auf den Bildern?"

"Welche Bilder?"

"Diejenigen, die die Brooklyn Tierschutzstiftung auf ihrer Facebook-Seite veröffentlicht hat." Deanne sagte es, als wäre es offensichtlich. "Ich habe sie gerade gesehen. Ihr zwei habt schon so viele Likes bekommen!"

Mein Verstand raste. Ich erinnerte mich an die Mitarbeiterin der Stiftung, die unsere Fotos gemacht hatte. Sie hatte gesagt, dass sie die Fotos an die Wand hängen würde, nicht wahr? Sie hatte nichts davon erwähnt, sie online zu stellen.

"Sabrina hat den Welpen bekommen", sagte ich. "Ich helfe ihr vorerst ein wenig, aber das ist alles. Wir sind nicht zusammen oder so."

"Wirklich?" Deanne klang skeptisch. "Das ist nicht das, was der Post sagt."

"Ich denke, ich weiß mehr über mein eigenes Liebesleben als ein zufälliger Facebook-Post."

"Der Post sagt was anderes", erklärte sie. "Und dann sind da noch die Bilder. Ihr beide macht praktisch rum!"

Meine Brust fühlte sich plötzlich eng an. "Kannst du mir diesen Post schicken? Ich will es mir ansehen."

"Natürlich. Also, bist du sicher, dass du nicht mit Sabrina zusammen bist? Du willst es nicht nur geheim halten oder so?"

"Ich bin mir absolut sicher!"

Wir legten auf und eine Sekunde später brummte mein Handy mit einem Link zum Facebook-Post. Ich trat aus der Tierhandlung und setzte mich auf eine Bank, bevor ich den Link öffnete. Ich hatte das Gefühl, dass ich mich dafür vielleicht hinsetzen wollte.

Es waren mehrere Bilder an den Beitrag angehängt. Anscheinend hatte Janine ihre Kamera herausgeholt, ohne dass ich es bemerkt hatte. Es gab ein Foto von Sabrina und mir, wie wir um Lady Gray stritten und dann eines, wo sie mir den Welpen in meine Hände legte. Ich musste zugeben, dass es süße Schnappschüsse waren. Wir sahen so glücklich und aufgeregt aus wegen Lady Gray.

Dann waren da noch zwei der Fotos, die Janine am Ende gemacht hatte. Sie hatte eines von Sabrina gepostet, die den Welpen hielt, während ich sie anbetungswürdig anstarrte - hoppla - und eines von uns beiden, wie wir Lady Grau zusammen hielten, unsere Hände verschlungen und wir uns gegenseitig tief in die Augen sahen.

Verdammt, das hatten wir aus Spaß gemacht! Ich hätte nie so posiert, wenn ich gewusst hätte, dass das Bild überall zu sehen sein würde. Es war schlimm genug gewesen, dass dieses letzte Bild an der Wand des Tierheims hängen sollte, aber zumindest hätten es nur die Leute gesehen, die dorthin gingen.

Ich hätte Bree nie so ansehen sollen. Aber ich hatte einfach die Gelegenheit ergriffen, sie so anzusehen, wie ich es wollte, und ausnahmsweise einmal hatte sie mir den gleichen Blick zurück gewährt.

Ich war nicht in sie verliebt oder so. Nein, ich fand sie einfach... hübsch anzusehen. Und es machte Spaß mit ihr zu reden, sie war unberechenbar - auf eine spannende Weise und klüger, als sie es jemals zugab.

Okay, also hatte ich irgendwie Gefühle für sie. Ich wusste, dass Sabrina sie nie erwidern würde. Sie war ständig aus - sie hatte normalerweise zwei oder drei Mädchen an der Hand. Sie hatte in den vier Jahren, die wir uns bereits kannten, nie eine ernsthafte Beziehung gehabt und sie hatte auch nie den Eindruck vermittelt, eine zu wollen.

Ich schätze, ich hätte sie vielleicht daten können, wenn ich gewollt hätte. Ehrlich gesagt, hatte sie im Laufe der Jahre ein paar Signale gegeben, dass sie offen dafür gewesen wäre, Freundin mit gewissen Vorzügen zu sein. Aber für mich kam das nicht infrage, ohne mein Herz an sie zu verlieren. Also hatte ich den Gedanken nie in Erwägung gezogen. Ich meine, außerhalb bestimmter Fantasien, wenn ich allein im Bett war.

Ich fragte mich, ob ich überhaupt den Beitrag lesen musste, der zu den Bildern gehörte. Es könnte nicht schlimmer kommen, oder?

Ich klickte und wurde sofort eines Besseren belehrt.

Die Welpenaktion der Tierschutzstiftung war ein großer Erfolg! In den nächsten Wochen werden wir einige unserer Lieblingsadoptionen vorstellen, die stattgefunden haben. Der heutige Tag war etwas für die romantische Seite in uns allen.

Sabrina Walden und Vivian Smythe sind seit vier Jahren zusammen, seit sie sich im LGBTQ-Zentrum der University of Guelph getroffen haben. Sie führten eine Fernbeziehung, seit Vivian drei Jahre vor Sabrina ihren Abschluss machte. Endlich ist Sabrina nach New York gezogen, um bei Vivian zu sein, und sie feiern das, indem sie einen unserer schönen Welpen adoptieren!

Die Funken flogen in dem Moment, als Sabrina Lady Gray zum ersten Mal sah. Der neun Wochen alte Chow Chow-Welpe hatte eindeutig die gleichen Gefühle - aber als Vivian sie hielt, verfestigte sich die Verbindung wirklich. Schaut nur, wie Vivian den kleinen Welpen anbetet!

Stellt euch vor, wie glücklich Lady Gray sein wird, dass sie von einer grausamen Welpenfabrik zu einem so liebevollen Zuhause gehen kann. Stellt euch vor, wie glücklich Sabrina und Vivian sein werden, ein so süßes Mädchen in ihrem Leben zu haben!

Hier bei der Brooklyn Tierschutzstiftung freuen wir uns einfach über ein glückliches Ende.

Ich schob mein Handy wieder in meine Handtasche, meine Hände zitterten. Sabrina muss Janine all das Zeug darüber erzählt haben, wie wir uns kennengelernt haben, während ich den Welpen hielt. Ich konnte aber nicht verstehen, warum sie das gemacht hatte.

Sie hatte die Wahrheit gesagt - wir hatten uns in der Rainbow Legion getroffen. Ich war eine Freiwillige, die Sprechstunden abhielt und sie war eine Studienanfängerin, die ins Büro kam. Von Anfang an hob sie sich von den anderen Newbies ab. Sie waren meist verloren und verwirrt, suchten nach Gemeinschaft oder sogar nur nach Selbstakzeptanz. Sabrina, auf der anderen Seite... sie wollte übernehmen!

Sie marschierte direkt rein und verlangte zu wissen, warum wir nicht noch mehr Veranstaltungen durchführten. Vier pro

Woche waren nicht gut genug. Wie sollte sie Mädchen treffen, fragte sie. Sie leerte unseren Bestand an kostenlosen Lecktüchern und lieh sich die Hälfte der DVDs in unserer Bibliothek aus. Als sie hinausging, ließ sie mich und die anderen Ehrenamtlichen fassungslos zurück, als ob gerade ein Wirbelsturm durch unsere Räume gefegt war.

Zuerst mochte ich sie nicht besonders, um ehrlich zu sein. Sie war sich ihrer selbst so sicher, dass es fast widerwärtig war. Ich hatte es schwerer gehabt, mich zu outen - ich kam aus einer kleinen Stadt und hatte keine LGBT-Leute gekannt. Aber dann war da sie, die sich mit Mädchen verabredet hatte - und mit Mädchen herummachte - seit sie vierzehn war.

Als sie immer wieder vorbeikam, fand sie ihren Platz in der Gemeinschaft und entspannte sich ein wenig. Wir freundeten uns an und ich fing an zu merken, dass sie lustig und fürsorglich war. Und ich bemerkte, wie viele der anderen Rainbow Legion Mädchen gleichzeitig sie zu einem bestimmten Zeitpunkt getroffen hatte.

Ich dachte, ich hätte sie zum letzten Mal gesehen, als ich meinen Abschluss machte. Sie blieb jedoch über E-Mail in Kontakt und dabei erfuhr ich, dass sie tiefere Gedanken hatte, als ich es je gedacht hatte. Unsere Briefe wurden immer länger und länger und wir lernten uns wirklich als Brieffreundinnen kennen. Ich hatte noch Freundinnen an der University of Guelph und sie kannte ein paar Leute in New York, also sahen wir uns von Zeit zu Zeit.

Dann lud ich sie ein, bei mir zu wohnen, während sie einen Job suchte und das brachte uns in die Gegenwart.

Das war die Art und Weise, wie die Dinge tatsächlich geschehen waren. Und sobald ich das Hundefutter gekauft hatte, wollte ich herausfinden, was mit ihrer alternativen Version der Realität los war.

★

KAPITEL FÜNF

SABRINA

"Es tut mir leid!", rief ich, sobald Viv die Wohnung betrat. "Es ist alles meine Schuld und das, nachdem du so nett zu mir gewesen bist! Ich weiß nicht, was ich mir dabei gedacht habe! Hasst du mich jetzt?"

Wenn sie noch nichts von dem Facebook-Post gehört hätte, würde sie denken, dass ich verrückt war... aber der Blick auf ihrem Gesicht sagte mir, dass sie definitiv davon gehört hatte. Ich vermutete, dass sie es auf ähnliche Weise herausgefunden hat wie ich. Meine Freundin Georgia hatte mir geschrieben, weil sie der Seite des Tierheims folgte und ein paar andere Freunde hatten sich gemeldet, weil andere Leute mich erkannt und es ihnen gesagt hatten.

Sie alle schienen sich für uns und Lady Gray zu freuen. Tatsächlich war die allgemeine Stimmung so, dass es nur eine Frage der Zeit gewesen war, bis wir zusammen sein würden. Das einzige Problem war, dass die ganze Sache nicht wahr war!

Vivian sah mich ernst an. Als sie an mir vorbeikam, ging sie in ihr Wohnzimmer. Als sie einen riesigen Beutel mit Hundefutter absetzte, setzte sie sich auf die ausziehbare Couch, auf der ich kürzlich geschlafen hatte.

Ihre Anwesenheit alarmierte Lady Gray, die in ihrem neuen Hundebett geschlafen hatte. Der Welpe kam auf die Couch und versuchte, auf Vivs Bein zu klettern, was sie noch lange nicht konnte.

Ich nahm neben Viv Platz, nahm Lady Gray hoch und versuchte, sie zu kuscheln. Sie mochte es nicht, also ließ ich sie auf meinem Schoß herumkrabbeln.

"Ich würde fragen, warum", sagte Viv, "aber ich weiß bereits, was du mir das sagen wirst. Du dachtest, es wäre lustig. Richtig?"

Langsam nickte ich.

"Du dachtest nicht, dass daraus etwas werden könnte."

Noch ein Nicken.

Sie fuhr sich mit einer Hand über das Gesicht. "Das sollte eine Lektion für dich sein, weißt du. Handlungen haben Konsequenzen. Du kannst nicht einfach Geschichten erzählen und erwarten, dass sie du nie wieder davon hörst und es dir keine Probleme macht."

Die Leute, die dachten, wir wären ein Paar, sind verarscht worden. Verstanden.

"Bree, du bist eine wunderbare Freundin und du weißt, dass ich dich liebe, aber diese Art von Scheiße..." Sie schüttelte den Kopf. "Du musst da rauswachsen."

"Das werde ich", murmelte ich. "Es tut mir wirklich leid."

Sie war immer die reifere in unserer Freundschaft gewesen und würde es wahrscheinlich auch immer sein, aber sie hatte noch nie so ernst mit mir gesprochen. Ich fühlte mich, als ob sie mich jeden Moment über ihr Knie legen und mir eine Tracht Prügel verpassen würde.

Ich erschauderte. Verdammt, warum war das ein so heißer Gedanke?

"Wir haben nur Glück, dass es nicht viral gegangen ist", sagte sie streng. "Ein Facebook-Post wird bald vergessen sein. Deanne ist diejenige, die mir davon erzählt hat, also habe ich ihr gleich gesagt, dass wir nicht wirklich ein Paar sind. Ich nehme an, du hast das Gleiche bei derjenigen Person getan, die es dir gesagt hat?"

"Ja."

Sie zog ihr Handy heraus. "Wenn wir einen Kommentar zu dem Beitrag hinterlassen, der klarstellt, dass wir nur Spaß gemacht haben, sollte es das Ganze beenden."

Meine Hände spannten sich um Lady Gray. "Das können wir nicht. Wir haben gesagt, wir würden sie als Paar adoptieren, erinnerst du dich? Ich habe ausdrücklich erwähnt, dass du den ganzen Tag zu Hause sein wirst, und nicht ich."

"Janine wird es egal sein. Du gibst Lady Gray immer noch ein gutes Zuhause."

"Tue ich das?" Ich streichelte das weiche Fell des Welpen. "Ich habe es nicht durchdacht. Ich kann sie nicht so lange allein zu Hause lassen. Ich muss mir eine Mitbewohnerin suchen oder so."

"Siehst du? Es wird schon klappen."

"Aber für Janine und die Leute im Tierheim wird es nicht so aussehen." Ich zog Lady Gray an mein Herz. Sie zappelte herum, um aus meiner Reichweite zu kommen. Widerwillig setzte ich sie wieder auf meinen Schoß. "Was ist, wenn sie uns Lady Gray wegnehmen? Ich will sie nicht verlieren."

"Wie ich schon sagte, das könnte eine dieser Konsequenzen sein." Vivians Stimme war ernst. "Du musst weniger impulsiv sein. Vielleicht wirst du das lernen, wenn du deine Adoptions-Spende verlierst."

"Es geht nicht um das Geld! Wie kannst du das denken?" Ich blickte zu Lady, die auf ihren Beinen herumtapste. "Es geht um Lady. Ich liebe sie."

"Es war ein Tag, Bree!"

"Na und?"

Vivian stand auf; für sie war dieses Gespräch offensichtlich beendet. "Ich glaube nicht, dass du dich in einen Welpen verlieben kannst. Du kannst selbst mit einem Menschen keine feste Beziehung eingehen."

Ich ließ Lady auf dem Couchkissen liegen und sprang ebenfalls auf. "Geht es jetzt um mein Liebesleben? Ich verstehe nicht, warum das relevant ist."

"Du bist diejenige, die es relevant gemacht hat!"

Sie stürmte in ihr Zimmer und schlug die Tür zu.

★

KAPITEL SECHS

VIVIAN

Die nächsten Tage waren fast normal. Ich machte tagsüber meine übliche Arbeit, mit dem einzigen Unterschied, dass ich jetzt Lady hatte, um mir Gesellschaft zu leisten.

Der Welpe sorgte für endlose Stunden der Unterhaltung. Eigentlich war sie eine Art große Ablenkung. Ich musste sie jede Stunde rausbringen, da sie noch nicht stubenrein war. Trotzdem baute sie den einen oder anderen Unfall in der Wohnung.

Mehr als einmal musste ich einen Anruf stumm schalten, weil ich anfing, über die kleine Flauschekugel zu kichern, die durch den Raum stolperte. Oder ich verlor den Überblick, wo ich in einer Tabellenkalkulation war, weil sie anfing zu jammern oder kleine, fröhliche Geräusche im Schlaf machte.

Da ich noch nie einen Welpen gehabt hatte, flippte ich oft aus und fragte mich, ob diese oder jene Sache normal waren. Sie hatte jedoch eine einwandfreie Gesundheitsbescheinigung vom Tierarzt erhalten und jedes Mal, wenn ich ihr seltsames

Welpenverhalten googelte, sagte das Internet, dass es keinen Grund zur Sorge gäbe.

Sabrina wirkte im Moment nervös um mich herum, was angesichts ihrer gewohnten Persönlichkeit seltsam war. Ich hätte nicht gedacht, dass Nervosität eine Emotion ist, die sie je erlebt hatte. Ich hatte sie aber neulich tatsächlich angeschrien. Vielleicht hatte ich meinen Vortrag damit zu weit getrieben. Ich war nur irgendwie verletzt von dem "Witz", dass wir zusammen waren.

Es wurde ein noch größerer Witz, als wir eines Nachts mit ein paar Freunden ausgingen. Viele Studierende der University of Guelph waren in Brooklyn gelandet und die Gruppen von Leuten, die wir beide kannten, hatten begonnen, sich zu einer Gruppe von zehn oder fünfzehn großartigen Leuten zu verschmelzen.

"Da ist ja das glückliche Paar!", rief Georgia, als wir in der Bar ankamen, wo unsere Freunde in kleinen Gruppen herumstanden und sich unterhielten.

Sie war in Sabrinas Jahrgang, also kannte ich sie nicht so gut. Nicht gut genug, um es einfach hinzunehmen, von ihr gehänselt zu werden.

Sabrina hatte keine solchen Bedenken. "Wir sind außergewöhnlich glücklich", sagte sie und legte einen Arm um mich, als ob es nichts wäre.

Für sie war es das wahrscheinlich. Offensichtlich fühlte sie nicht jedes Mal, wenn wir uns berührten, einen elektrischen Schlag. Wenn sie es getan hätte, hätte sie ihren Arm nicht für so lange Zeit auf mir behalten.

"Komm schon", zischte ich. "Niemand aus dem Tierheim wird uns hier sehen. Es gibt keinen Grund für dich, das zu tun."

Sie sah fast verletzt aus, als sie ihren Arm bewegte. Das war in Ordnung. Sie hat mich verletzt, weil sie so herumgealbert hatte.

"Ihr zwei seid nicht wirklich zusammen?", fragte ein Typ namens Xenon.

Ich konnte ihm die Frage verzeihen, da ich ihn kaum kannte und ich war mir ziemlich sicher, dass Sabrina es auch nicht tat. "Nein, sind wir nicht", sagte ich und klang etwas zackiger, als ich es beabsichtigte. "Es war ein Witz, der übermäßig verbreitet wurde. Und es war Sabrinas Idee, sollte ich hinzufügen. Können wir uns irgendwo setzen?"

Ich saß mit Kyle, Erin und Jen zusammen und achtete darauf, Sabrina nicht an meinem Tisch zu haben. So sehr ich es auch liebte, in ihrer Nähe zu sein, konnte ich damit im Moment nicht gut umgehen. Je mehr diese "Beziehungs"-Sache weiterging, desto mehr verletzte mich mein Mangel an einer tatsächlichen Beziehung zu ihr.

Glücklicherweise wandte sich das Gespräch anderen Themen zu. Kyle hatte sich mit einem neuen Kerl getroffen und Erin dachte, sie kenne ihn aus ihrem Praktikum. Sie musste seine Facebook-Bilder checken und dann waren Jen und ich neugierig, wie er aussah. Ich musste zugeben, dass der Typ gut aussah, zumindest, soweit ich das beurteilen konnte.

"Er wirkte wie ein kleiner Snob, als ich ihn kannte", sagte Erin. "Bist du sicher, dass er nett ist?"

"Er ist es bisher", sagte Kyle. "Du bist es nur gewohnt, dass nur Männer, die über sich selbst stolpern, versuchen, dich zu beeindrucken."

Erin schnaubte. "Ich kenne andere Homosexuelle. Dich zum Beispiel."

"Und du hast mir bereits gesagt, dass du denkst, dass ich dich hasse, als wir uns das erste Mal getroffen haben", sagte Kyle.

"Er hat Recht", sagte ich. "Ich kann einen Unterschied spüren, wie heterosexuelle Männer und schwule Männer mich behandeln. Und sobald ein Hetero herausfindet, dass er bei mir keine Chancen hat, ändert sich die Situation wieder."

"Vielleicht." Erin klang nicht überzeugt. "Dieser Typ war allerdings mehr Snob als die meisten Frauen."

"Weil Frauen auch mit dir zusammen sein wollen", lachte Jen.

Ich sah sie mit Neugierde an. Hatte sie etwas für Erin übrig? Sie könnten eigentlich ein gutes Paar sein. Ich hasste es im Allgemeinen, wenn Leute in meiner Freundesgruppe sich verabredeten. Manchmal war es großartig und alle waren glücklich, aber oft endete die Beziehung schlecht und sorgte für Drama in der Gruppe.

"Jeder will mit Vivian zusammen sein", sagte Erin und ließ mich aufspringen.

"Was? Niemand tut das."

Erin warf ihre Augen in Sabrinas Richtung. "Jemand, der genau hier ist, zum Beispiel."

Meine Brust wurde enger. Ich erinnerte mich daran, dass Erin nur das Thema wechselte und nicht versuchte, mir das Herz zu brechen. "So ist es nicht", sagte ich. "Wir haben nur herumgealbert."

"Wenn du mich fragst, will sie schon seit einer Weile mit dir zusammen sein", sagte Jen.

"Ich schätze, das hängt davon ab, was du mit "zusammen" meinst." Sabrinas Liste von Eroberungen war endlos. Ich wäre nicht überrascht gewesen, wenn sie sich mit einer oder beiden dieser Mädchen getroffen hatte.

"Noch jemand anders", sagte Erin. "Ich bin heute Kerry begegnet. Sie hat nach dir gefragt."

Dabei blieb mein Herz fast stehen. Als ich merkte, wie mein Gesicht bleich wurde, nahm ich einen riesigen Schluck von meinem Weißwein. Ich war eigentlich glücklich, als Sabrina sich über meine Schulter lehnte – außer dass sie gehört hatte, was Erin gesagt hatte. "Was ist mit Kerry?", fragte sie.

"Sie arbeitet bei Super Shots", sagte Erin. "Sobald sie mich sah, stürmte sie mit einer Million Fragen über Vivian auf mich los."

"Scheiß auf sie." Sabrinas Hände fanden meinen Hals und ich holte tief Luft, als sie die plötzlich angespannten Muskeln knetete. "Soll ich sie erstechen, Liebling? Ich werde es so schmerzhaft wie möglich machen."

Ich versuchte zu lachen. Sabrina versuchte, nett zu sein... aber Witze darüber, dass wir zusammen waren, während sie mich an meine Ex erinnerte, waren einfach zu viel.

Ich schob meinen Stuhl mit einem lauten Quietschen zurück. "Ich werde nach Hause gehen."

★

KAPITEL SIEBEN

SABRINA

Die Atmosphäre wurde ungemütlich, nachdem Viv abgehauen war. Aber vielleicht ging das nur mir so.

Ich setzte mich an den Tisch, den sie gerade verlassen hatte, und fragte, worüber sie gesprochen hatten. Niemand wollte mir in die Augen sehen. Ich schätzte, dass ich nicht viel von dem Gespräch über Kerry verpasst hatte, obwohl ich mich fragte, was so geheim an dem war, worüber sie vorher gesprochen hatten.

Ich trank schweigend meine Rum Cola und beteiligte mich nur an dem Gespräch, wenn mich Leute direkt ansprachen. Die Erwähnung von Kerry machte mich wütend.

Ich war so wütend, als Vivian zum ersten Mal mit ihr zusammenkam. Obwohl wir zu diesem Zeitpunkt in verschiedenen Städten lebten, war meine Schwärmerei für sie so stark wie eh und je. Da sie keine Ahnung von meinen Gefühlen hatte, informierte sie mich über jede neue Phase ihrer Beziehung - vom ersten Date bis zum ersten Kuss und darüber hinaus.

Ich hätte Kerry gehasst, egal wer sie war, aber als ich sie persönlich traf, konnte ich sie wirklich nicht leiden. Sie war laut und widerwärtig, völlig anders als die Art von Frau, die meine Viv brauchte.

Sie war süß, das würde ich ihr lassen - aber sie war sich ihrer Attraktivität viel zu bewusst. Als wir uns die Hände schüttelten, hielt sie meine etwas zu lange und sah mich auffordernd an. Nicht schlimm genug für mich, um Viv davon zu erzählen, aber genug, um mich misstrauisch zu machen.

Als sich herausstellte, dass sie Viv das ganze Jahr über betrogen hatte, als sie zusammen waren, waren alle außer mir schockiert. In der Sekunde, in der ich Vivs E-Mail über die Trennung las, sprang ich in den sechsstündigen Bus nach Brooklyn, um sie zu trösten.

Sie brauchte mich nicht besonders - sie hatte hier viele Freundinnen und Freunde, die ihr durch die harte Zeit helfen konnten. Aber ich fuhr nach New York, weil ich es für mich selbst tun musste. Ich konnte nicht bleiben, wo ich war, während Viv mit ihrem Liebeskummer allein war.

Ich hatte vielleicht oder vielleicht auch nicht einige Tagträume darüber gehabt, wie Viv mich aus dem Bus steigen sah und in meine Arme stürzte, als sie erkannte, dass ich diejenige war, mit der sie schon immer zusammen sein wollte. Aber in der Realität umarmte sie mich schnell und benahm sich völlig normal. Ich sagte ihr, sie müsse nicht so tun, als wäre alles in Ordnung, und sie zuckte einfach mit den Schultern. So war Viv eben.

"Bleibst du noch auf einen Drink, Sabrina?"

Ich blickte auf zu Jen, die mich neugierig ansah. Die Hälfte der Gruppe verließ die Bar, während diejenigen, die blieben, mehr Alkohol bestellten.

Sich zu betrinken, klang nach einer guten Idee. "Ja", sagte ich. "Ich bestelle mir einen Doppelten."

★

KAPITEL ACHT

VIVIAN

"Ich werde mir heute Nachmittag einige Wohnungen anschauen", erzählte Sabrina, als wir am Samstag zusammen frühstückten. "Ich muss endlich raus und aufhören, dich um Hilfe für meinen Welpen zu bitten."

"Was?" Ich erstickte fast an dem Pfannkuchen, den sie mir gemacht hatte. "Du musst nicht weg. Es ist schön, dass du hier bist. Und Lady auch."

"Es ist nicht fair dir gegenüber", sagte sie. "Du warst mehr als großzügig und im Gegenzug habe ich dich verarscht."

"Nein, hast du nicht. Diese ganze Facebook-Sache ist ja schon wieder vorbei." Das war sie allerdings nicht. Irgendwie bekam der Beitrag jeden Tag mehr Likes und Kommentare.

Ich dachte immer noch darüber nach, ob ich einen Kommentar hinterlassen sollte, um zu sagen, dass es nicht real war, aber ich wollte Sabrina nicht verärgern. Obwohl es unwahrscheinlich war: Was wäre, wenn ihr Lady am Ende doch weggenommen werden würde?

"Sicherlich", sagte Sabrina. Der Blick auf ihrem Gesicht sagte, dass sie den Post so oft wie ich überprüft hatte und wusste, dass ich log. "Aber du solltest dich nicht um einen Hund kümmern müssen, für den du dich nicht interessierst hast."

"Bist du verrückt?" Es machte mir nichts aus, mich um Lady zu kümmern, auch wenn es nicht meine Idee war, sie zu adoptieren. Ich war eigentlich froh, dass Sabrina die Entscheidung getroffen hatte. Ich hatte diesen Welpen bei meinem ersten Treffen in mein Herzen geschlossen und daran zu denken, dass sie weggeht und mit jemand anderem zusammenlebt, machte mich traurig. "Ich liebe Lady. Ich kümmere mich gerne um sie."

Stirnrunzelnd schnitt Sabrina einen bereits kleinen Bissen Pfannkuchen in immer kleinere Stücke. "Bist du sicher?"

"Natürlich."

"Aber ich kann nicht ewig bei dir bleiben."

Mein Herz flatterte. Verdammt, ich wollte nicht, dass sie auszog. Auch Lady sollte hierbleiben, aber vor allem Sabrina. Es war so schön, sie hier zu haben. Sie brachte Freude in mein Leben und leistete mir Gesellschaft. Von zu Hause aus zu arbeiten, machte mich einsam. Auch wenn ich nach der Arbeit manchmal mit Freundinnen ausging, war es nicht dasselbe, wie jemanden ständig bei mir wohnen zu haben.

Und dann war da noch das frustrierende Vergnügen, sie die ganze Zeit anschauen zu können. Ihre süßen Gesichtszüge, ihr blondes Haar, ihren schlanken Körper. Sie zog sich im Haus leger an - sehr leger. Gestern hatte ich gesehen, wie ihre Brustwarzen direkt durch ihr Tank-Top zu sehen waren und das Bild hatte sich in meinen Kopf eingebrannt.

Für sie hingegen, vermutete ich, sah das Arrangement nicht so gut aus. Warum sollte sie hier bei jemandem bleiben wollen, der so schwerfällig und verkrampft war wie ich? Ich hatte sie sogar wie eine Kindergärtnerin angeschrien.

"Wenn du es leid bist, auf einer ausziehbaren Couch zu schlafen, verstehe ich das völlig." Ich nahm einen Schluck Orangensaft und schmeckte nichts.

"Nein, das ist es nicht. Ich will nur nicht zu lange bleiben. Du verlangst nicht mal Miete von mir."

"So solltest du das nicht sehen. Du bist immer willkommen." Ich schob meinen Teller zur Seite, konnte nicht mehr essen. "Und ich kümmere mich um Lady, solange du mich lässt."

"Das ist lieb von dir." Sie sah nach unten. "Ich habe die Besichtigungstermine aber bereits vereinbart, also..."

"Das ist in Ordnung. Geh. Sieh dir die Wohnungen an." Ich hielt meinen Teller unter Wasser und spülte ihn ab. "Du wirst ein Gefühl dafür bekommen, wie schwer es ist, eine anständige Wohnung in Brooklyn zu finden. Vielleicht willst du am Ende einfach hier bleiben."

"Oh, das weiß ich bereits." Sie lächelte unbehaglich und ich fragte mich, ob sie die Wahrheit sagte.

Es war sowieso egal. Selbst wenn sie in meiner Wohnung bleiben wollte, würde sie nie in mein Bett wollen.

★

KAPITEL NEUN

SABRINA

Eine Zeitung flog auf den Tisch vor mir. Die Schlagzeile lautete: SABRINA LIEBT VIVIAN.

Ich packte die Zeitung und musste sie verstecken. Noch besser: Ich würde sie verbrennen. Sie musste nur verschwunden sein, bevor Viv in ihre Wohnung zurückkam. Ich konnte sie nicht die Wahrheit sehen lassen.

Außer, dass sie bereits zu Hause war und mir direkt gegenüber saß. Sie streckte die Hand aus. "Ich weiß, dass du mich liebst", sagte sie mit einer Singstimme. "Ich habe es immer gewusst. Du hast es nicht wirklich geheim gehalten, oder? Du hast mir ziemlich genau gesagt, wie du dich fühlst, und ich habe nie geantwortet!" Ihr Lachen verwandelte sich in ein piepsendes Gackern.

"Das ist nicht wahr." Ich packte die Zeitung, die sich in meinen Händen auflöste. "Es ist nur ein albernes Schwärmen. Es ist okay, wenn wir nur Freundinnen sind."

"Lüg nicht", sagte sie mit dieser schrecklichen Stimme. "Dumme Gans."

Lady Gray stand von ihrem Platz auf dem Boden auf. Als sich ihr Körper entfaltete, wurde klar, dass sie ein Dämon von epischen Ausmaßen war. Ihre anthrazitfarbenen Augen loderten auf und sie wiederholte Vivians Worte. "Dumme Gans... Gans... Gans... Gans..."

Ich wachte kaltschweißig auf und es dauerte einen Moment, bis ich mich auf die Realität umorientieren konnte. Ich lag auf Vivs ausklappbarer Couch und zum Glück hatte sie keine Ahnung, was ich für sie empfand. Zumindest schien es so zu sein.

Ich hatte in der Vergangenheit definitiv ein paar Andeutungen gemacht und wie sie im Traum gespottet hatte, hatte sie überhaupt nicht darauf reagiert. Unsere Beziehung würde nie mehr sein als Freundschaft sein, und damit war ich einverstanden. Ihre Freundin zu sein, war besser, als sie überhaupt nicht zu haben.

Der Bildschirm auf meinem Handy blinkte in der Dunkelheit und ich packte es. Ich wollte schnell meine E-Mails überprüfen und dann versuchen, wieder einzuschlafen. Laut der Uhr des Telefons war es kurz nach vier Uhr morgens Ugh. Ich hoffte, dass ich wieder einschlafen konnte, sonst würde ich später einen schweren Tag auf der Arbeit haben.

Die neue E-Mail war von meiner Mutter. Sie hatte nichts geschrieben, sondern nur einen Link zu einem Artikel in einer Brooklyner Wochenzeitung geschickt. Ich klickte vorsichtig und fragte mich, ob es sich um Spam handeln könnte. Es war nicht die Art meiner Mutter, Artikel ohne Kontext zu schicken.

Sobald der Link geladen war, sah ich, warum sie das getan hatte. "Fuck", sagte ich laut. Der Artikel war ein Aufguss des Facebook-Posts des Tierheims. Anscheinend hatte der

Beitrag genug Aufmerksamkeit erregt, dass sie ihn als eine Geschichte abgedruckt hatten.

Während ich überlegte, was zu tun wäre, kam eine zweite E-Mail. *Das ist der süßeste Artikel!* schrieb Mama. *Ich weiß, ihr habt gesagt, ihr seid nur Freundinnen, aber es ist trotzdem eine schöne Geschichte. Ich schicke es an alle deine Tanten und Onkel. Hoffentlich kann ich Lady Gray bald kennenlernen.... und vielleicht auch Viv. ;)*

"Sie denkt, dass es wahr ist." Ich sprach jetzt offiziell mit mir selbst und es war mir egal. "Sie denkt, ich lüge, dass ich nicht mit Viv zusammen bin."

Ich hatte den Facebook-Post bereits bei unserem letzten Telefonat erwähnt. Sie wusste sehr wohl, dass Viv mich eingeladen hatte, bei ihr zu wohnen. Warum kam sie zu dem Schluss, dass ich eine Beziehung verberge, anstatt mich beim Wort zu nehmen?

Ich blätterte zurück zu den Bildern mit dem Artikel. Sie sahen ziemlich überzeugend aus. Wenn ich es glauben wollte, konnte ich mich mit Leichtigkeit davon überzeugen, dass Viv mich mit dem gleichen Wunsch betrachtete, wie ich sie ansah.

Aber das war falsch. Ich würde mich selbst täuschen. Mit einem Stirnrunzeln erinnerte ich mich zurück den letzten LGBTQ-Tanzabend meines ersten Jahres. Ich hatte kein Date und Viv auch nicht. Wir waren in einer Gruppe mit anderen Mädchen unterwegs.

Die ganze Nacht über blieben wir alle zusammen in dieser Gruppe. Ich hatte zu viel Angst, Viv zu bitten, mit mir zu tanzen. Als die Nacht zu Ende ging und ein langsames Lied gespielt wurde, riss ich mich endlich zusammen. Da das Jahr fast vorbei war, war dies meine letzte Chance. Ich wusste nicht, ob wir in Kontakt bleiben würden und ob ich sie jemals wieder sehen würde.

Als der DJ sagte: "Frag deine liebste Person, ob ihr zusammen tanzen wollt", tat ich es. Viv machte ein seltsames Gesicht - dieses Bild würde mir in Erinnerung bleiben, bis ich sterbe. Sie wandte sich ab und sagte etwas darüber, dass sie einen Drink brauchte, und ich wandte mich an eine andere Freundin.

Während sie und ich uns aneinander rieben, kämpfte ich gegen den bitteren Geschmack in meinem Mund. Der Moment mit Viv war vorbei und ich hatte meine Antwort erhalten.

Sie würde mich nie auf diese Weise sehen, egal wie viele Artikel über unsere "Beziehung" herauskamen, egal wie viele Leute dachten, dass wir tatsächlich zusammen waren.

★

KAPITEL ZEHN

VIVIAN

Ich verbrachte den größten Teil des Montags damit, Krisen zu lösen. Zuerst bestand eine Kundin immer wieder darauf, dass sie ihren zukünftigen Schwager als DJ für ihre Hochzeit haben wollte, obwohl sie bereits einen Vertrag mit einem Profi abgeschlossen hatte. Dann rief mich eine Blumenhändlerin panisch an, weil ihre Assistentin versehentlich zweihundert Maiglöckchen, und nicht Calla-Lilien, bestellt hatte.

Zusätzlich zu all den E-Mails und Telefonaten gab es Lady Gray, die entdeckt hatte, welche magische Wirkung es hatte, mein Gesicht zu lecken. Alle fünf Minuten war sie auf mir und jedes Mal musste ich damit aufhören, was ich tat, um Fotos von ihr zu machen.

Im Ernst, ich musste es tun. Sie sollte nur einmal in diesem bezaubernden Alter sein und ich musste ihre ersten Male unbedingt verewigen. Teils für mich selbst, teils, damit ich Sabrina heute Abend alle Bilder zeigen konnte.

Ich wartete gespannt darauf, dass sie gegen sechs Uhr nach Hause kam, was ihre übliche Zeit war. Als es sieben Uhr geworden war, aß ich allein zu Abend. Ich hätte ihr eine Nachricht schicken können, wenn ich nicht befürchtet hätte, dass ich dadurch unverschämt wirken würde. Ich hatte bereits eine gute Ahnung, wo sie hingegangen war.

Sie war bereits am Samstag zu Wohnungsbesichtigungen gegangen und dann am Sonntag zu noch mehr. Ich war mir ziemlich sicher, dass sie heute Abend noch mehr auf dem Plan hatte. Sie musste viel Arbeit in ihre Wohnungssuche stecken, da die Wohnungen hier wie warme Semmeln weggingen. Als ich diese Wohnung gefunden hatte, musste ich etwa fünf Personen eine E-Mail schreiben, nur um einen Besichtigungstermin zu bekommen.

Gegen zehn Uhr kam Sabrina schließlich durch die Tür. "Hey", sagte ich und sprang von der Wohnzimmercouch auf, wo ich mit Lady gespielt hatte. "Ich habe heute niedliche Fotos gemacht. Bist du bereit, an einer Überdosis Niedlichkeit zu sterben?"

Sie warf einen Blick auf das Bild. "Oh mein Gott." Sie brach auf der Couch neben mir zusammen und legte ihre Füße auf den Tisch. "Also bist du nicht sauer auf mich?", fragte sie, als ich noch mehr Bilder zeigte.

"Warum sollte ich das sein?"

"Wegen des Artikels."

Langsam legte ich das Telefon weg. "Welcher Artikel?"

"Ähm..." Ihre Stimme wurde kleiner. "Der Facebook-Post wurde von der Brooklyner Wochenzeitung aufgegriffen. Es ist aber keine große Sache. Es wird jederzeit vorbei sein."

Mein Magen verkrampfte. "Verdammt, Bree."

"Ich weiß, ich weiß. Warum glaubst du, bin ich so lange weggeblieben?"

"Du hattest Angst, dass ich sauer auf dich sein könnte?" Ich starrte sie an. "Ich habe angenommen, du hättest nach Wohnungen gesucht."

"Nein. Ich hatte am Wochenende überhaupt kein Glück. Es stellt sich heraus, dass viele Vermieter keine Welpen erlauben. Und diejenigen, die das tun, erlauben keinen Mitbewohner, der den ganzen Tag zu Hause sein wird und bereit ist, sich um den Welpen zu kümmern." Sie hob Lady auf, die sofort versuchte, an ihrem Finger zu kauen. "Ich weiß nicht, was ich mit dir machen soll, kleine Lady."

Bleib hier. Bleib bei mir. Bleib für immer. Ich räusperte mich. "Wie ich schon sagte, es gibt keine Eile, dass du ausziehst."

"Ich kann nicht glauben, dass du nicht sauer wegen dieses Artikels bist."

Ich lachte schwach. "Was passiert ist, ist passiert. Du weißt, wie ich über die ganze Sache denke."

"Bis morgen werden es wieder altbekannte Nachrichten sein. Da bin ich mir sicher." Sie klang, als würde sie versuchen, sich selbst und nicht mich zu überzeugen. "Jedenfalls für Lady! Schau, wie hübsch du bist, kleines Mädchen!"

Lady genoss es offensichtlich, im Mittelpunkt der Aufmerksamkeit zu stehen und es war eine Erleichterung, sich auf sie und nicht auf unsere Beziehung zu konzentrieren.

Es war lustig, wie die ganze Welt dachte, dass Sabrina und ich zusammen großartig sein würden.

Sabrina war die Einzige, die etwas anderes empfand.

★

KAPITEL ELF

SABRINA

Ich gähnte, als ich eine Reihe von Verkaufszahlen in eine Tabelle übertrug. Ich hatte das jetzt etwa zwei Stunden lang ohne Pause gemacht und ich zählte die Minuten bis zu meiner Mittagspause herunter. Nur noch dreiundfünfzig weitere... also etwa dreitausend, einhundertundachtzig Sekunden, wenn ich richtig gerechnet hatte.

Mein Handy vibrierte in meiner Handtasche und ich suchte eifrig danach. Obwohl ich bei der Arbeit eigentlich nicht telefonieren sollte, machte ich manchmal kleine Pausen, um mich um persönliche Dinge zu kümmern. Ich war keine Raucherin und die Raucher bekamen Pausen, also warum sollte ich für gesunde Entscheidungen bestraft werden?

"Ist da Sabrina oder Vivian?", fragte eine etwas vertraute Stimme, als ich annahm.

Ich ging zur Bürotür und trat in den Flur, wo die Wahrscheinlichkeit, dass ich belauscht werde, geringer war. "Hier ist Sabrina. Wer ist da?"

"Janine, von der Brooklyn Tierschutzstiftung. Wie geht es dir und Lady Gray?"

"Großartig", sagte ich und lächelte bei der Erinnerung an den Tag, an dem ich meinen süßen Welpen bekommen hatte. Seitdem war etwa ein Monat vergangen und Lady hat sich jeden Tag ein wenig weiter in mein Herz gegraben. "Ich habe den Post gesehen, den du über uns drei gemacht hast. Es..." Wäre schön gewesen, wenn du zuerst gefragt hättest. "Es war ein netter Post."

"Ich bin so froh, dass er dir gefallen hat!", sagte Janine. "Ich hätte dich fragen sollen, bevor ich es gepostet habe, aber ich hatte die Idee, kurz bevor ich ins Bett ging und ich habe es einfach niedergeschrieben und veröffentlicht. Ich hätte nicht gedacht, dass er so viel Aufmerksamkeit erregen würde! Er ist mit Abstand der beliebteste Beitrag auf unserer Facebook-Seite."

"Das ist toll", sagte ich und krümmte mich innerlich. "Weißt du, dass die Brooklyner Wochenzeitung ihn auch aufgegriffen hat?"

"Ja! Die Aufmerksamkeit der Medien ist der eigentliche Grund, warum ich dich angerufen habe. Buzzfeed hat mich kontaktiert, um euch zu interviewen und ich habe gesagt, ich würde sehen, was ich tun könnte. Sie würden gerne ein paar neue Bilder von Lady Gray machen und sie vielleicht in ihrem neuen Zuhause zeigen. Das ganze Internet ist in euch drei verliebt!"

Ich hätte es nicht so stark formuliert. Nur weil der ursprüngliche Beitrag ein paar tausend Mal geteilt worden war und die Bilder von uns in ein Meme verwandelt worden waren, bedeutete das nicht, dass das Internet in uns verliebt war.

Und interviewt zu werden, würde bedeuten, die Lüge über unseren Beziehungsstatus fortzusetzen. Selbst wenn ich es wollte, würde Vivian ausflippen, wenn ich es tun würde. "Ich weiß nicht", sagte ich. "Ich bin derzeit ziemlich beschäftigt..."

"Kein Problem. Glaubst du, Vivian würde es machen? Oder würde es dir etwas ausmachen, wenn ich mit ihr spreche?" Janine klang übertrieben scharf darauf, dass eine von uns mit Buzzfeed sprach.

"Bezahlen sie oder so was?"

"Nein, nichts dergleichen." Sie zögerte. "Es ist nur so, dass die Werbung für das Tierheim toll wäre. Je mehr Menschen von uns hören, desto mehr Spenden erhalten wir. Mehr Leute würden vorbeikommen, um die Tiere anzuschauen und vielleicht zu adoptieren. Außerdem könnte das mehr staatliche Mittel bedeuten."

Ich starrte auf die Wand gegenüber von mir, die mit einem geometrischen Schwarz-Weiß-Muster verziert war. "Lass mich mit Viv darüber reden."

"Perfekt!" Sie klang viel zu glücklich. "Sprich mit ihr und entscheide, wer von euch das Interview machen will. Ihr beide zusammen wäre natürlich ideal. Und wenn du willst, dass ich vorbeikomme und dir irgendwie helfe, dann hast du ja meine Nummer. Ich werde alles tun, was ich kann, um eure Geschichte viral zu machen. Und außerdem würde ich Lady Gray auch gerne wiedersehen!"

"Ich bin sicher, sie würde dich gerne sehen." Mit einem schwachen Lachen verabschiedete ich mich.

Ich ging zurück zu meinem Schreibtisch und versuchte, mich in meine Arbeit zu stürzen. Leider war die langweilige Dateneingabe stupider und langweiliger denn je.

Das Tippen tat nichts, um mich von der Zwickmühle abzulenken, in die ich mich gebracht hatte.

Wie konnte ich diesen Buzzfeed-Artikel ablehnen, ohne das Tierheim zu verarschen?

★

KAPITEL ZWÖLF

VIVIAN

"Bitte, töte mich nicht", rief Sabrina bereits von der Tür aus.

Sie kam früh von der Arbeit nach Hause, ausnahmsweise einmal. Es war kaum fünf Uhr fünfzig, also hatte sie entweder die Arbeit vor Feierabend verlassen oder sie war den ganzen Weg zurück gejoggt. Ich vermutete, angesichts des leichten Glanzes von Schweiß über ihrer Stirn und der rosafarbenen Wangen, dass es die zweite Möglichkeit war.

Ich beendete gerade eine E-Mail an eine Kundin bezüglich ihres Essens - sie bestand auf einen glutenfreien Kuchen, wollte aber nicht extra zahlen. Dann schob ich meinen Laptop an die Seite meines Schreibtisches, lehnte mich auf meine Ellbogen und betrachtete Sabrina auf die von mir erhoffte lockere, platonische Art.

"Warum sollte ich dich töten?", fragte ich.

"Die Sache ist die..." Sie erklärte mir lang und ausführlich von der Anfrage, die Buzzfeed gestellt hatte und entschuldigte sich alle zwei Sekunden dafür, dass sie mich in diese Position gebracht hatte. "Ich denke, wir müssten weiterhin so tun, als wären wir zusammen. Ich dachte, wir könnten vielleicht die Wahrheit sagen, aber das könnte die ganze Sache ruinieren. Und was ist, wenn ich Lady zurückgeben muss?"

"Richtig. Könntest du dich für eine Sekunde beruhigen?"

Sie fuhr fort, als hätte sie mich nicht gehört. "Ich will dich nicht bitten, das zu tun, aber wenn du Janine am Telefon gehört hättest, würdest du es verstehen. Sie will, dass das so dringend passiert und ich kann nicht Nein zu ihr sagen - aber ich werde es tun, wenn du es willst. Aber im Grunde genommen töten wir damit alle Welpen und Kätzchen, denen durch die zusätzlichen Spenden geholfen worden wäre."

"Bree!" Ich hielt meine Hände hoch. "Beruhige dich."

"Damit du mich töten kannst?" Sie senkte ihren Kopf und bot ihre Kehle dar. "Alles, worum ich dich bitte, ist, dass du es schnell machst. Ich will nicht leiden."

"Ich werde dich nicht töten." Ich erstickte fast an den Worten, als ich fortfuhr: "Ich denke, wir sollten es tun."

Sie machte ein paar taumelnde Schritte zu meinem Bett und fiel viel zu übertrieben darauf. "Ist das dein Ernst? Du würdest um der Welpen willen mit einer vorgetäuschten Beziehung einverstanden sein?"

Ich blickte auf Lady Grays Hundebett an der Tür, wo sie an einem ihrer Kauspielzeuge kaute. Ein Spielzeug, das mal einer meiner Lieblingssneaker von Converse gewesen war.

Dieser Welpe bekam, was immer es sein musste. Ich konnte einfach nicht Nein zu ihr sagen, wenn sie mich mit ihrem süßen kleinen Gesicht ansah. Sneakers konnten ersetzt werden. Aber Lady war unersetzbar. Und sie gehörte nicht einmal mir.

"Zum Teil, um der Welpen willen", sagte ich und beschloss, nicht zu viel über meine Liebe zu Lady zu sagen. "Zum Teil aber auch, weil es gut für meine Karriere ist."

Sabrina hob eine Augenbraue. "Nur zu."

"Nun, einige meiner Kundinnen haben erwähnt, dass sie den Post oder den Artikel gesehen haben", sagte ich. "Sie lieben es! Sie erleben gerade die romantischste Zeit in ihrem Leben und diese romantische Geschichte zu hören, macht sie nur schwach."

"Wirklich?"

"All diejenigen, die es erwähnt haben, liebten es", sagte ich und erinnerte mich an eine E-Mail einer Kundin, die schrieb, dass sie vor Glück geweint hat, als sie den Artikel las. "Und in dem Artikel stand nicht einmal mein Job. Ich stelle mir vor, dass wenn Buzzfeed erwähnen würde, dass ich eine Hochzeitsplanerin bin, ich eine Flut von neuen Kunden bekommen würde."

"A-a-ah." Sabrina drehte sich auf ihre Vorderseite und stützte ihr Kinn in die Hände. "Du hast bereits eine Warteliste. Wie viele Kunden brauchst du noch?"

"Man kann nie zu viel Arbeit haben", sagte ich. "Wenn ich viele neue Kunden bekomme und es so weitergeht, könnte ich sogar eine Assistentin einstellen."

"Wow." Ihre Augen weiteten sich.

Es war ziemlich verrückt, ernsthaft über die Einstellung eines Mitarbeiters nachzudenken. Ich war erst vierundzwanzig - es war verrückt genug, dass ich mein eigenes

Unternehmen besaß. Ich hatte immer gehofft, eines Tages zu expandieren und andere Leute einzustellen. Diese Art von Bekanntheit könnte diesen Tag viel früher ermöglichen, als ich es je erwartet hatte.

Sabrina glücklich zu machen, war ein Nebeneffekt.

"Also macht es dir nichts aus, noch eine Weile so zu tun, als wärst du meine Freundin?", fragte ich. "Ich denke, ein paar Monate wären gut genug und dann könnten wir ruhig eine Trennung inszenieren. Der Buzzfeed-Artikel kann jedoch noch lange Zeit auftauchen, wenn Leute bei Google nach dir suchen. Vielleicht für immer."

"Ich kann damit umgehen."

"Bist du sicher?", fragte ich. "Es ist möglich, dass ein homophober Arbeitgeber dich googelt und dich nicht einstellen will, wenn er merkt, dass du lesbisch bist."

Sie lachte. "Ich bin mir ziemlich sicher, dass sie es sowieso wissen werden. Ich meine, schau mich an." Sie deutete auf sich selbst.

Das war das Problem - ich betrachtete sie einfach zu viel.

"Es ist dein Leben", sagte ich. "Wenn du dir sicher bist, dass du das tun willst, lass uns darüber nachdenken."

Ich streckte die Hand aus und versuchte, die Elektrizität zu ignorieren, die durch meine Wirbelsäule schoss, als sich unsere Hände berührten. Herrje, ich musste mich an diesen Schlag gewöhnen, wenn ich sie berührte. Ich hatte das Gefühl, dass wir uns bald mehr berühren würden und ich bezweifelte, dass es weniger frustrierend werden würde.

"Freundinnen?", fragte sie fröhlich.

Ich lächelte schwach. "Freundinnen."

KAPITEL DREIZEHN

SABRINA

In einer Scheinbeziehung zu leben, änderte nichts. Ich musste immer noch die endlose Langeweile bei der Arbeit überstehen. Ich musste Lady immer noch jede Stunde ausführen, wenn ich zu Hause war.

Wir hatten uns darauf geeinigt, überhaupt nichts anders zu machen. Wir würden nur für den Buzzfeed-Artikel interviewt werden und dann wäre es vorbei. Solange keine unserer Freundinnen verbreitete, dass wir nicht wirklich ein Paar waren, wäre alles in Ordnung.

Ich musste mein Liebesleben für den Moment auf Eis legen. Ich wollte während meiner zehn Sekunden Internet-Ruhm nicht als Betrügerin bezeichnet werden. Außerdem hatte ich sowieso keine Lust, neue Mädchen kennenzulernen. Obwohl es in Brooklyn eine aktive Queer-Szene gab, hatte ich mich mit niemandem verabredet, seit ich bei Viv eingezogen war.

In ein paar Monaten könnte ich wieder ausgehen. Wenn mich jemand aus dem Internet erkennen würde, würde er oder sie annehmen, dass ich und Viv Schluss gemacht hatten. Der Gedanke bereitete mir keine Freude. Ich wusste bereits, dass es keine Frau da draußen gab, die ich mehr wollte als sie.

Wir hatten den nächsten Montag um sieben Uhr für das Interview ausgewählt. Ein Buzzfeed-Reporter und ein Fotograf wollten uns bei Viv treffen und Janine würde auch vorbeikommen.

Die Tage vergingen langsam. Ich verhielt mich Viv gegenüber so normal wie möglich. Aber es war hart, wenn die ganze Welt dachte, wir wären zusammen. Die Leute glaubten ehrlich, dass ich ihre wunderschönen Lippen küssen und ihre schöne Hand halten durfte. Zum Teufel, sie würden denken, dass wir miteinander Sex hatten!

Für mich war das ein lächerlicher Gedanke. Viv war so offensichtlich nicht interessiert, dass es sich wie Sex mit einem Promi anfühlte - etwas, das nie passieren würde. Aber die Öffentlichkeit würde annehmen, dass ich ihr die Kleider ausziehen, sie aufs Bett werfen, ihr Vergnügen bereiten würde... Großartig, jetzt fantasierte ich bereits darüber.

Endlich war Montagabend und ich kam so früh wie möglich von der Arbeit nach Hause. Viv rannte bereits durch die Wohnung und putzte. "Könntest du helfen, deine Sachen aus dem Wohnzimmer zu holen?", fragte sie atemlos. "Ich will nicht, dass es so aussieht, als hättest du hier drin geschlafen."

"Wo sollen meine Sachen dann hin?"

Sie hielt lange genug inne, um mir den verächtlichsten Blick der Welt zu geben. "In mein Zimmer." Sie sagte nicht "Du Trottel", aber sie hätte es genauso gut tun können.

Ah, richtig. Okay. Meine Sachen kamen in ihr Zimmer. Ich war noch nie zuvor in ihrem Zimmer gewesen. Ich wünschte, mein erstes Mal da drin hätte einen romantischeren Touch gehabt. Aber wie auch immer.

Ich packte einen Arm voller Kleidung, die ich eher verstreut auf dem Boden liegen ließ, wenn sie in diesem unangenehmen Zustand zwischen sauber und schmutzig waren. Nachdem ich sie in meinen Koffer gelegt hatte, fügte ich mein noch feuchtes Handtuch, mein Notizbuch und meine Stifte sowie meinen Laptop hinzu.

Natürlich wählte Lady genau diesen Moment aus, um herumzuschnüffeln. Sie sprang in den Koffer und legte sich auf meinen Laptop. Ihr Schwanz wackelte hin und her.

"Ich werde dieses Geschirr spülen", sagte Viv und stapelte die Teller und das Besteck, das herumlag. "Ich hätte wissen sollen, wohin das alles führt."

"Hoppla." Ich stellte Lady auf den Boden und schloss den Koffer mit einem Reißverschluss, saß darauf und zwang ihn zum Schließen. "Dann warte ich."

"Was? Nein, mach schon." Sie gestikulierte Richtung Tür.

Ich blinzelte langsam. "Bist du sicher?"

Als ich erkannte, dass ich mich seltsam verhielt, wartete ich nicht auf eine Antwort. Ich hob den Koffer hoch und zog ihn zu ihrer Tür. Ich zögerte einen Moment, bevor ich hineinging.

Und dann war ich da. Das verheißene Land.

Ihr Zimmer roch nach ihr - dieser Jasminduft durchdrang den Ort. Ich hatte immer noch nicht herausgefunden, ob es ein Parfüm, ein Shampoo, eine Körperlotion oder einfach nur sie selbst war. Ich atmete tief ein, als ich mich umblickte, um zu sehen, was ich noch über sie entdecken konnte. Das Zimmer einer Person sagte so viel über ihr wahres Selbst aus, im Gegensatz zu dem Selbst, das man der Welt zeigte.

Viv hatte auf der einen Seite ein Bett, auf der anderen einen Schreibtisch. Weiches Licht strömte durch die rosa Vorhänge vor dem Fenster ins Zimmer, durch das man den nahe gelegenen Park sehen konnte. Der Raum war unordentlicher, als ich erwartet hatte. Es war zwar kein Chaos wie in meinem Zimmer zu Hause, aber all mögliches Zeug war über den Schreibtisch verteilt und die Bettwäsche war zerzaust. Alles war nicht so gefaltet, wie ich es erwartet hatte.

Hier arbeitete sie den ganzen Tag und schlief nachts. Ihre Anwesenheit durchdrang diesen Raum, sodass ich sie hier schon jetzt drin spüren konnte.

Vielleicht, weil sie hinter mir stand. "Stell es irgendwo hin, Bree."

Ich sprang auf. "Ich war mir nicht sicher..."

"Ich glaube nicht, dass sie hier hereinkommen werden, aber wenn du ihn in den Schrank legen willst, um sicher zu sein, dann mach schon."

"Okay." Überraschenderweise war der Schrank bis zum Platzen gefüllt. Ich musste durch Berge von Sweatshirts und nicht identifizierbarer Kleidung graben, um einen Platz für meinen Koffer zu schaffen. "Erledigt!"

"Gut", sagte sie, "denn der Reporter sollte jede Minute hier sein."

Ich atmete tief durch. "Sehe ich gut aus? Ich habe mich nicht frisch gemacht, seit ich von der Arbeit zurück bin."

Sie dachte einen Moment nach und starrte mich intensiv genug an, um mich erröten zu lassen. "Du siehst gut aus."

"Da ist nichts auf meinem Gesicht? Muss ich mir die Haare bürsten?"

"Nichts auf deinem Gesicht und..." Sie trat näher heran und fuhr ihre Finger durch mein Haar. "Dein Haar ist in Ordnung."

Ich bebte. Das hätte sie nicht tun müssen. Sie hätte mir einfach eine Bürste geben können. Ich hätte schwören können, dass sie ihre Hand auch einen Moment länger als nötig verweilen lassen hatte. Wenn es jemand anderes getan hätte, hätte ich es als Zeichen dafür verstanden, dass diese Person in mich verliebt war. Ich wäre in den Verführungsmodus gewechselt und hätte gefragt, ob etwas auf meinen Lippen wäre - dann hätte ich ihr tief in die Augen gestarrt und darauf gewartet, dass sie sich hinüberbeugt.

"Was ist mit mir?", fragte sie fröhlich und ohne zu wissen, was ich gerade gedacht hatte. "Sehe ich gut aus?"

Ich seufzte. "Du siehst toll aus."

Sie biss sich auf die Lippe. "Ist der Lippenstift okay? Dieses Oberteil macht mich nicht fett?"

"Du weißt, dass ich keine Ahnung von diesem Mädchenzeug habe. Alles, was ich weiß, ist, dass du...", ich konnte genauso gut ehrlich sein, "atemberaubend aussiehst."

Sie brach in ein quietschendes Lachens aus. "Atemberaubend? Oh, bitte!" Sie schüttelte den Kopf und trat auf die Tür zu. "Ich verstehe, warum du so viel Glück mit den Damen hast."

Sicher, ja. Glück mit allen Damen, außer der, die ich am meisten wollte.

Der Summer brummte und sie eilte hin, um die Tür zu öffnen. "Es ist Showtime!", rief sie mir zu.

★

KAPITEL VIERZEHN

VIVIAN

Es war aber Janine gewesen, die geklingelt hatte. "Falscher Alarm", rief ich Sabrina zu.

Als Janine unser Stockwerk erreichte, begrüßte sie mich und Bree kaum, nachdem sie ins Schwärmen über Lady geraten war. "Sie ist schon so groß geworden", sagte sie und streichelte den Welpen mit klarer Verehrung. "Bald wird sie erwachsen sein."

Sabrina und ich tauschten einen amüsierten Look aus. Es war schwer zu glauben, dass Janine so verrückt nach Tieren sein konnte, wenn sie sie den ganzen Tag - und zwar jeden Tag - sah. Andererseits war Lady etwas Besonderes.

Im Ernst, der Grund für die Popularität dieses Beitrags war wahrscheinlich zu neunundneunzig Prozent sie. Sie hatte das süßeste kleine Gesicht, das ich je gesehen hatte, und selbst jetzt, wo sie bereits einige Wochen älter war, sah es genauso zusammengeknautscht wie damals aus. Sie war im Grunde genommen ein kleiner Fellball aus Glück und Liebe.

"Das Tierheim hat wegen dieses Posts so viel Aufmerksamkeit bekommen", erzählte Janine uns, während sie Lady in ihre Arme kuschelte. "Die Spenden stiegen spürbar an und einige Leute erwähnten den Beitrag oder den Artikel, als sie kamen, um ein Tier zu adoptieren."

"Wow." Ich musste zugeben, dass ich mich dadurch gut fühlte. "Ich bin froh, dass wir helfen konnten, auch wenn wir es nicht geplant hatten."

Bevor Janine antworten konnte, brummte der Summer wieder. Eine Minute später waren eine Reporterin und eine Fotografin in der Wohnung. Becca und Katie waren ungefähr in unserem Alter und sie sahen genauso modisch und lebhaft aus, wie ich mir Buzzfeed-Mitarbeiter vorstellte.

Nachdem sie sich uns schnell vorgestellt hatten, sanken sie zu Lady herab. "Bist du nicht das süßeste Ding aller Zeiten?", schrie Becca.

Sie hielten sie abwechselnd fest und waren begeistert darüber, wie weich sie sich anfühlte und wie ruhig ihre Persönlichkeit war. Sabrina und Janine schienen durchaus bereit zu sein, sich so viel Zeit wie sie wollten zu lassen, also räusperte ich mich endlich. "Wollen wir mit dem Interview beginnen? Ich habe nicht den ganzen Abend Zeit."

Die vier sahen mich scharf an und hatten jeweils den gleichen Gesichtsausdruck. Ihre Gesichter sagten sehr deutlich, dass ich eine Spielverderberin war. Eine Nervensäge. Ich sollte sie ihren Spaß haben lassen.

Becca erstarrte für einen Moment, bevor sie wieder zu ihrer kecken Art zurückkehrte. "Natürlich!", rief sie. "Lasst uns spazieren gehen und ich werde dich interviewen, während Katie Fotos macht."

Sabrina befestigte die Leine an Lady und die anderen drei waren sofort begeistert, als sie das Halsband sahen. Sabrina hatte dem Welpen dieses funkelnde, rosa und weiß gepunktete Ding mit einer Fliege besorgt, die aus dem flauschigen Fell von Lady hervorschaute.

Wir schafften es schließlich nach unten zu gehen. Die Leute in der Lobby sahen uns seltsam an - vier erwachsene Frauen versammelten sich um einen winzigen Hund - aber wir fegten an ihnen vorbei und gingen hinaus.

Katie machte ein paar Schüsse von Lady, die im Gras vor dem Gebäude herumtollte, während Becca ihre Aufmerksamkeit auf Sabrina und mich richtete. "Warum habt ihr zwei euch entschieden, einen Hund zu adoptieren?"

"Das ist eine lustige Geschichte", sagte Sabrina und begann zu erzählen, wie sie eigentlich keinen Hund adoptieren wollten. Aber sie hatte von den Welpenadoptionen gehört und hatte mich mitgenommen. Sie schaffte es, bei der Wahrheit zu bleiben und deutete nur an, dass wir ein Paar waren.

"Und warum hast du dich für Lady entschieden?"

Ich ließ sie auch das beantworten. Lady war ihr Hund, auch wenn ich im Moment half, mich um sie zu kümmern. Ich wäre völlig erschüttert, wenn Sabrina auszog. Zum Glück hatte sie in letzter Zeit nicht darüber gesprochen. Sie schien mit meiner Ausziehcouch zufrieden zu sein und ich war nicht im Begriff, das Thema anzusprechen.

Lady raste voraus, zog an der Leine, die Sabrina hielt. Wir alle folgten dem Welpen, wenn sie rannte, und blieben stehen, wenn sie innehielt, um leidenschaftlich am Bürgersteig zu schnüffeln.

"Hatte eine von euch schon mal Haustiere?", fragte Becca. "Wolltest du schon immer einen Welpen?"

Wir gingen noch ein paar weitere Fragen durch, während Lady auf der Straße herumstolzierte. Sie hatte auch einige Fragen an Janine - sie fragte nach den Statistiken des Tierheims und ob unsere besondere Adoption aufgefallen wäre.

Meine Schultern fingen an, sich zu entspannen. Bisher war das weniger stressig, als ich befürchtet hatte. Der Fokus lag auf Lady, nicht auf uns. Ich war mir ziemlich sicher, dass Katie noch nicht einmal ein Foto von uns gemacht hatte.

Als sich das Tempo von Lady verlangsamte, gingen wir zurück - und dann begannen Beccas Fragen persönlich zu werden. "Wie lange seid ihr beide schon zusammen?"

"Ich dachte, das stünde in dem Facebook-Post", antwortete ich schnippisch.

Becca sah mich komisch an. "Ich würde es gerne direkt von der Quelle hören, wenn es dir nichts ausmacht."

"Wir hatten irgendwie gehofft, dass der Artikel sich auf Lady konzentrieren würde", sagte ich.

"Wir werden über beides schreiben. Die Leute sind besessen von euch beiden und eurer Beziehung."

Und meine "Beziehung" war es, die mir neue Kunden bringen sollte. Ich nahm die Leine von Lady und warf Sabrina einen vernichtenden Blick zu. "Dann mach schon. Sag du es ihr, Schatz."

Sie zuckte zusammen. "Seit etwa vier Jahren."

"Und wie seid ihr zusammengekommen?"

"Viv arbeitete ehrenamtlich in der Rainbow Legion, dem LGBTQ-Zentrum an unserem College. Ich bin dorthin gegangen, um ein paar Informationen zu erhalten und entwickelte sofort eine Schwäche für sie." Sabrina lachte beiläufig. "Ich hätte nie gedacht, dass es gegenseitig sein könnte. Viv war älter, schön, anspruchsvoll... Niemals in einer Million Jahren hätte ich gedacht, dass sie mich und meinen Kram ertragen will."

Ich starrte sie an. Sie klang im Moment so aufrichtig. Ich hätte nie gedacht, dass sie so eine gute Lügnerin war.

"Was ist von da an passiert?", fragte Becca. "Hast du sie sofort gefragt, ob sie mit dir ausgehen will?"

"Nein, hat sie nicht", warf ich ein. "Jeder weiß, dass es eine Richtlinie gibt, die es verbietet, dass sich Ehrenamtliche mit Studenten einlassen, die um Rat suchen."

"Richtig." Sabrina sah mich überrascht an. "Also wartete und wartete ich, während sich meine Schwärmerei jeden Tag verstärkte."

"Und hat sie dir gefallen, Vivian?", fragte Janine. "Sorry, Becca, ich sollte dich das Interview machen lassen, aber das ist einfach so romantisch!"

Ich lachte angestrengt. "An diesem Punkt, nein. Sie war noch so jung. Ich konnte sehen, dass sie wunderschön war, kein Zweifel, aber der Altersunterschied war zu diesem Zeitpunkt sehr deutlich. Ich habe sie da als süßes Kind gesehen."

"Autsch", murmelte Sabrina.

"Nun, du bist jetzt über all das hinweg!", rief Katie aus und schoss ein Bild von uns.

"Mm-hmm." Ich behielt Lady im Auge, die sich hinsetzte. "Ich würde sagen, meine Gefühle haben sich Mitte des Jahres geändert. Bree kam immer wieder in meine Sprechstunde..."

"Ich hatte ihren Terminkalender auswendig gelernt", warf sie ein.

"Und ich habe sie etwas besser kennengelernt." Sie hatte sich meinen Terminkalender nicht wirklich gemerkt, oder? "Sie hatte jedoch ein ziemlich aktives Liebesleben. Ich dachte nicht, dass sie sich jemals für mich interessieren würde. Sie schien nie zweimal mit demselben Mädchen auszugehen."

"Natürlich habe ich das", sagte Sabrina.

"In Ordnung, vielleicht zweimal, aber nicht dreimal."

Becca hielt ihr Aufnahmegerät näher an uns heran. "Nun, ihr habt uns alle neugierig gemacht. Keine von euch dachte, die andere wäre interessiert, also wie habt ihr herausgefunden, dass ihr beide das Gleiche füreinander empfindet?"

Wir schwiegen einen Moment lang und ich stellte mir vor, dass Sabrina genauso intensiv nachdachte wie ich. Warum hatten wir das nicht kommen sehen und eine Antwort im Voraus besprochen?

"Beim Queer-Abschlussball", sagte sie genau in dem Moment, als ich sagte: "Ich erinnere mich nicht."

Die anderen starrten mich an, während Sabrina mir einen leichten Schlag auf den Arm gab. "Wirklich, Süße? Du erinnerst dich nicht mehr?" Sie verdrehte die Augen. "Bitte schreib das nicht in den Artikel."

Mein Haus war nur noch wenige Meter entfernt und ich lächelte grimmig, als ich weiter darauf zuging. War diese Tortur bald vorbei?

Natürlich war Sabrina noch nicht fertig mit dem Reden. "Ich hatte das ganze Jahr darauf gewartet, meinen Schritt zu machen und ich wusste, dass es meine letzte Chance war. Wenn ich es nicht getan hätte, hätte ich Viv vielleicht nicht wiedergesehen. Ich versuchte, die ganze Nacht den Mut aufzubringen und schließlich, als ein langsames Lied gespielt wurde, forderte ich sie zum Tanz auf."

Mein Herz verkrampfte. Ich erinnerte mich an diese Nacht. Und ich erinnerte mich daran, wie sie mich mit diesem breiten Grinsen auf ihrem Gesicht gefragt hatte, als wäre es eine Art Witz, und als ich dann offensichtlich Nein gesagt hatte, war sie abgehauen und hatte sich ein zufälliges Mädchen geschnappt. Ich war mir ziemlich sicher, dass sie in dieser Nacht zusammen nach Hause gegangen waren.

So war Sabrina. Sie hatte mich, ohne mit der Wimper zucken, ersetzt. Ich war nicht verletzt oder so. Ich hatte vergessen, dass die ganze Sache überhaupt passiert war.

Ich schluckte und erkannte, dass alle mich immer noch ansahen und ich lächeln sollte.

Sie hatte mich fast überzeugt, dass sie mich das ganze Jahr über wirklich mochte und dass es eine große Sache gewesen war, mich zum Tanzen aufzufordern.

Es war seltsam, dass sie sich so gut an diese Nacht erinnerte. Seltsam, dass es das erste war, woran sie sich entsann, wenn sie darüber nachdachte, wie wir zusammen gekommen wären.

Aber das bedeutete nichts. Ich kannte Sabrina. Und ich wusste, dass dieser Moment ihr überhaupt nichts bedeutet hatte.

★

KAPITEL FÜNFZEHN

SABRINA

Eine Woche nach unserem Interview mit der Buzzfeed-Crew googelte ich immer noch alle fünf Minuten meinen Namen. Becca und Katie hatten gesagt, dass sie uns den Artikel schicken würden, sobald er veröffentlicht wurde. Ich vertraute ihnen, aber würden sie ihn wirklich in der Sekunde schicken, in der er erschien? Wenn ich mich besessen googeln würde, um ihn fünf Minuten früher zu sehen, war es mir das wert.

Ich wünschte, sie hätten uns den Artikel sehen lassen können, bevor er veröffentlicht wurde. Sie behaupteten, das wäre nicht möglich, obwohl ich nicht sah, was so hinderlich daran sein sollte. Was brauchten sie überhaupt so lange, um ihn zu veröffentlichen? Wie lange konnte es dauern, einen dummen Artikel zu schreiben?

Mein Vorgesetzter schien zu bemerken, wie oft ich das Internet öffnete, also musste ich mich in den letzten Stunden des Tages vom Googeln abhalten. Als ich nach Hause kam, führte ich Lady für einen kurzen Spaziergang aus. Als wir zurückkamen, stand Viv in der Küche, das Telefon in der

Hand. Ihr Gesicht war blass und der Topf auf dem Herd roch leicht nach Rauch. "Der Artikel ist erschienen."

Ich eilte zu ihr hinüber, überlegte es mir dann noch einmal und schaltete erst den Ofen aus. Der Reis im Topf sah nicht allzu schlecht aus - zumindest konnte er warten, bis ich den Artikel gesehen hatte.

"Ist es schlimm?", fragte ich.

Sie reichte mir das Telefon und nahm den Wasserkocher. "Sieh selbst."

Ich schaltete das Handy ein und mein Herz rutschte sofort in die Hose.

Also, erinnert ihr euch an diese virale Geschichte über den bezaubernden Hund - und das noch bezauberndere Paar, das sie adoptiert hat? Wir hier bei Buzzfeed hatten die Möglichkeit, die ganze bezaubernde Familie zu besuchen und können euch die ganze Geschichte erzählen.

Das Bild zeigte uns beide, wie wir, mit den Armen umeinander, lachten. Lady war nicht mal im Bild.

"So viel dazu, dass ich sie gebeten habe, sich auf Lady zu konzentrieren", sagte ich dumpf und las weiter.

Sabrina Walden und Vivian Smythe hatten nicht vor, einen Hund zu adoptieren, als sie die Brooklyn Tierschutzstiftung besuchten. Sie wollten die Welpen bewundern und nach Hause gehen. In den vier Jahren, in denen sie zusammen sind, haben sie immer vorgehabt, sich eines Tages ein Haustier anzu-

schaffen. Sie übten aber immer Selbstbeherrschung, weil sie eine Fernbeziehung hatten und sich nicht gemeinsam um das Haustier kümmern konnten.

Nun, da Sabrina nach Brooklyn gezogen ist, um ihren Job als Datenerfasserin anzutreten, war der Zeitpunkt perfekt, um die süße Lady Gray zu treffen. Sie konnten den Reizen des Chow-Chow Welpen nicht widerstehen.

Aber das wusstest du alles schon! Aber wir wollen euch vor allem mit süßen Welpenfotos überhäufen.

Es folgten etwa acht Bilder von Lady Gray in Folge, die alles Mögliche tat, was man sich vorstellen konnte. Stehen, sitzen, mit dem Schwanz wedeln, den Boden betatschen... Sie sah flauschig und fröhlich auf jedem einzelnen Foto aus.

"Das ist doch eigentlich gar nicht so schlimm", sagte ich und sah zu Viv auf. "Es geht doch hauptsächlich um Lady."

Sie überprüfte, wo ich auf der Seite war. "Ja, lies weiter."

Wie ihr sehen könnt, blüht Lady in ihrem neuen Zuhause auf! Und wie könnte sie das auch nicht, wenn sie von zwei so erstaunlichen Besitzerinnen so sehr geliebt wird? Die beiden Freundinnen überhäufen sie mit Spielzeug und Leckereien.

Vivian, die beruflich als Hochzeitsplanerin tätig ist, war liebenswert schüchtern, als sie nach ihrer eigenen Liebesgeschichte gefragt wurde. Ihre eigenen Lippen geschlossen haltend, ließ sie Sabrina erzählen, wie sie sich über die Rainbow Legion der University of Guelph kennengelernt haben.

Es dauerte eine Weile, bis Sabrina Vivian dazu brachte, sich für sie zu begeistern. Anscheinend kam sie als zu unreif für Vivians Geschmack rüber und Vivian sah sie mehrere Monate lang nicht an. In der Zwischenzeit war Sabrina fast ein Jahr lang in sie verknallt, bevor etwas passierte.

Vivian tat so, als wüsste sie nicht genau, wann sich ihre Freundschaft zu mehr wandelte. Glücklicherweise haben wir die ganze Geschichte von Sabrina bekommen. Sie erzählte uns alles über den ersten Kuss, den sie bei einem Abschlussball teilten und wie sie sich in den nächsten Jahren so oft wie möglich gegenseitig besuchten.

Jetzt sind sie endlich zusammen und es sieht so aus, als wäre es ein glückliches Ende für dieses perfekte Paar - mit dem perfekten Welpen! Wir werden Sabrina, Vivian und Lady Gray zujubeln, während sie in den Sonnenuntergang reiten.

Es gab noch einige weitere Bilder von uns und dann war der Artikel vorbei.

"Nun, das war eine Ladung Scheiße", murmelte ich. "Hätten sie mich noch schlimmer klingen lassen können?"

"Ist das dein Ernst? Sie haben mich viel schlimmer aussehen lassen als dich." Sie goss kochendes Wasser in ihre Tasse.

"Wie? Sie sagten, ich wäre unreif!"

"Sie sagten, dass du früher als unreif galtst", korrigierte Viv. "Was nur wahr ist."

"Vielen Dank." Ich schaute zurück auf den Artikel. "Sie haben überhaupt nichts Schlechtes über dich gesagt."

"Sie nannten mich schüchtern!" Sie wurde wütend. "Sie hätten genauso gut sagen können, dass ich eine verklemmte Schlampe bin."

"Was?" Der Artikel ließ sie in keiner Weise wie eine verklemmte Schlampe aussehen.

Sie seufzte. "Und ich dachte, es würde meinem Business einen Push geben. Aber in dem Artikel steht weder der Namen meiner Agentur noch irgendwelche Kontaktinformationen. Ich glaube nicht, dass das dazu führen wird, dass potenzielle Kundinnen zu mir kommen."

"Oh... Ich vermute, es gibt nicht genug Details dafür." Und das war irgendwie der Grund für sie gewesen, das zu machen. "Ich hätte während des Interviews mehr über deine Arbeit sprechen sollen."

"Nein, ich hätte es tun sollen. Es war nicht deine Verantwortung."

"Ich weiß, aber ich hätte geholfen, wenn ich gekonnt hätte." Ich zwang mir ein Lächeln ins Gesicht. "Ist das nicht mein Job als deine Scheinfreundin?"

Sie lachte ebenso erzwungen und blies über ihren Tee. "Mach dir keine Sorgen."

Ich stand auf, um nach dem Reis zu sehen. Ich war ein wenig hungrig und selbst wenn der Boden am Topf klebte, war ich mehr als bereit, den gekochten Teil obendrauf zu essen.

"Bree?", fragte Vivian leise. "Weißt du, damals beim Queer-Abschlussball?"

Mein Atem blieb mir in der Kehle stecken und der Holzlöffel, den ich hielt, fiel auf den Boden. "Ja?"

Sie kniete nieder, um den Löffel aufzuheben, hielt inne, bevor sie ihre Frage fortsetzte. "Es war keine große Sache für dich, als du mich gebeten hast zu tanzen... oder?"

Ich starrte sie an, unfähig, meine Gedanken in einen Satz zu fassen. Eigentlich musste ich lügen und Nein sagen - aber was, wenn sie einfach nicht wusste, was ich für sie empfand? Ich hatte nie den Mut gehabt, offen zu sein, wie ich es bei jedem anderen Mädchen getan hätte. Ich war mir immer so sicher, dass ich keine Chance hatte, aber was war, wenn ich mich irrte? Was, wenn sie auch etwas für mich empfand?

"Ich dachte nie, dass es eine große Sache war", fuhr sie fort. "Ich hatte total vergessen, dass es jemals passiert ist, bis du es erwähnt hast."

Nun, damit war das erledigt. "Nein, es war keine große Sache", murmelte ich, nahm ihr den Löffel weg und drehte mich zum Topf um. "Ich dachte nur, es wäre eine gute Geschichte." Ich löffelte Reis auf einen Teller. "Was, dachtest du, ich würde mich seit vier Jahren heimlich nach dir sehnen?" Ich lachte schrill auf.

"Bree!" Sie sprang auf und eilte zu mir. "Du benutzt den Löffel doch nicht für den Reis, oder? Nachdem er auf dem Boden lag?"

"Ähm..."

Sie nahm mir den Löffel weg und warf ihn ins Spülwasser und schrubbte ihn mit einer Gewalt, die ich nicht für gerechtfertigt hielt.

Sie wirkte irgendwie verkrampft. Vielleicht sogar zickig.

Aber ich hatte ihr die Wahrheit gesagt. Ich hatte mich nicht heimlich nach ihr gesehnt.

Nein, es war eher so, dass ich hoffnungslos in sie verliebt war.

★

KAPITEL SECHZEHN

VIVIAN

"Also ich habe da eine Idee", sagte ich zu Sabrina, ein paar Tage, nachdem der Buzzfeed-Artikel erschienen war. "Wir sollten einen Blog über Lady starten."

Wir waren im Hundepark und saßen auf einer Bank, während Lady in der Sandkiste herumgrub. Sie grub sich so tief wie möglich, dann kam sie an die Luft. Der Sand war über ihr flauschiges Gesicht verteilt.

Ich griff nach meinem Handy und machte ein paar Fotos, bevor sie sich abwandte. "Wir können solche Sachen da hochladen", fügte ich hinzu, die Knie im Sand.

"Warum?" Sabrina saß noch auf der Bank und lehnte sich nach vorne, um mich anzusehen. "Ich dachte, wir würden versuchen, die ganze Sache hinter uns zu lassen."

"Ich wurde heute von einer potenziellen Kundin kontaktiert. Sie sah den Artikel und wollte mich unbedingt beauftragen." Ich drehte mich um, um ein weiteres Foto von Lady zu machen. "Ich dachte, wenn das einmal passiert, kann es wieder passieren. Wenn wir einen Blog starten, haben wir die Kontrolle, und ich kann die Tatsache betonen, dass ich eine Hochzeitsplanerin bin."

"Du meinst, es wäre ein professioneller Blog?"

"Ich denke, ich werde subtil etwas Hochzeitskram unterbringen. Der Blog wird für jeden interessant sein. Also wenn die Leserin zufällig in Brooklyn lebt und eine Hochzeit plant, wird sie denken, dass es ihre eigene Idee war, mich für meine Dienste zu kontaktieren."

"Trickreich, trickreich." Sabrina lehnte sich gegen die Bank, stellte einen Fuß hoch und hielt ihr Knie. "Bist du sicher, dass es die Mühe wert wäre?"

"Ich weiß es nicht. Aber ich denke, es würde zumindest Spaß machen. Und ich werde eine schöne Aufzeichnung meiner Zeit mit Lady haben, damit ich mich an sie erinnern kann, wenn ihr beide abhaut und mich allein lasst."

Sabrina sah nachdenklich aus. "Wir hauen nicht ab. Ich meine, es sei denn, du hast uns satt."

"Überhaupt nicht", sagte ich schnell. "Ich dachte nur, du würdest irgendwann mal ausziehen wollen." Zuerst war sie so ungeduldig gewesen und ich war mir nicht sicher, warum sie sich für den Moment beruhigt hatte.

Lady entschied sich in diesem Moment, eine Wolke aus Dreck zu werfen und Sabrina beobachtete sie liebevoll. "Nimmst du das auf Video auf?"

"Kann ich." Ich öffnete wieder die Kamera-App. "Also macht es dir nichts aus, wenn ich deinen Hund so ausbeute?"

"Natürlich nicht. Sie ist praktisch auch dein Hund."

Als ich das hörte, wurde mir innerlich warm. Ich hatte das Gefühl, dass Lady teilweise mir gehörte, aber das hätte ich nicht zu ihrer wahren Besitzerin gesagt. Ich nahm sie für ein paar Sekunden auf und sagte dann: "Ich denke darüber nach, den Blog aus ihrer Perspektive zu schreiben. Oder denkst du, das wäre zu kitschig?"

"Es könnte funktionieren."

Sabrina streckte ihre Hand aus und es dauerte eine Sekunde, bis mir klar wurde, dass sie nach meinem Handy fragte. Sie schoss ein Bild von mir neben Lady und dann hob ich den Welpen hoch und hielt sie zur Kamera.

"Wie denkst du, redet dieses hübsche Mädchen?", fragte ich. "Wie ein Kleinkind, da sie noch klein ist?"

"'Heute haben mich meine Mamas in den Park gebracht. Whee!'" sagte Sabrina mit hoher Stimme. "Das würde sich sehr abnutzen."

Ich setzte Lady ab und sie wühlte sich wieder in den Sand. "Wie ein Mädchen aus dem Valley vielleicht?"

"'Warum bin ich im Park, wenn ich unbedingt einkaufen gehen wollte?" Sabrina versuchte es. "Nein, ich sehe sie eher als einen übermäßig aufgeregten Teenager."

"Die gibt es?"

Sie sah mich komisch an. "Richtig, ich habe vergessen, dass du mich nicht als Teenager kennst."

Sie befestigte die Leine von Lady an ihrem Halsband und zerrte sie in Richtung des Ausgangs. Als wir durch den Park liefen, starrten einige der anderen Besitzer Lady an und kommentierten, wie reizend sie war.

"Also wird Lady im Grunde genommen so sein, wie du es mit vierzehn Jahren warst", sagte ich. "Ich kann es sehen. Wird sie auch jedem Mädchen, das sie trifft, das Herz brechen?"

"Wer sagt, dass ich eine Herzensbrecherin war?"

"Komm schon." Ich rollte mit den Augen. "Du hast mir erzählt, dass du in der neunten Klasse angefangen hast, zu daten."

Wir erreichten den Bürgersteig und Sabrina ging leicht voraus, da Lady an der Leine zog. Sie blickte immer noch nach vorne, sodass ich sie bitten musste, sich zu wiederholen. "Ich sagte, ich habe mich nicht mit mehreren Mädchen gleichzeitig getroffen", wiederholte sie und drehte sich um. "Ich war zwei Jahre lang mit der gleichen Person zusammen."

"Wirklich? Ich dachte, du führst einfach keine Beziehungen."

"Ich war zu diesem Zeitpunkt nicht abgestumpft. Aber diese Beziehung hat mich gefühllos gemacht."

Ich runzelte die Stirn. "Was ist passiert?"

"Nichts. Ich meine, buchstäblich nichts." Sie lachte bitterlich. "Sie war zwei Jahre älter als ich. Sie wollte nach ihrem Abschluss in Kalifornien aufs College gehen, aber das sollte keine Rolle spielen. Wir wollten zusammenbleiben. Wir hatten einen magischen Sommer zusammen und wir sprachen die ganze Zeit über die Besuche, die wir im Laufe des Jahres machen würden. Dann hatten wir einen tränenreichen Abschied am Flughafen und ich habe nie wieder von ihr gehört."

"Heilige Scheiße."

Sie klang ernster, als ich sie je gehört hatte. "Das ist Jahre her. Ich bin schon lange darüber hinweg."

"Aber du musst das nicht sein. Das war deine einzige echte Beziehung und so viele Mädchen sind verrückt nach dir gewesen. Wenn du wirklich darüber hinweg wärst, wärst du mit einer von ihnen ausgegangen."

"Nein. Es ist ja nicht so, als wäre ich kaputt oder so. Ich warte nur auf die richtige Person."

Die offensichtlich nicht ich war. "Du bist mit einigen tollen Frauen ausgegangen. Was haben sie übersehen?"

Sabrina blieb abrupt stehen, als Lady mit einem anderen Hund Höflichkeiten austauschte und für eine Sekunde dachte ich, sie hätte meine Frage nicht gehört. "Nichts", sagte sie leise. "Ich bin sicher, ich hätte mich auf einige von ihnen einlassen können. Ich brauche nur mehr, bevor ich mich an jemanden binden kann. Ich müsste das Mädchen wirklich lieben und ihr vertrauen, bevor ich eine Beziehung in Betracht ziehen kann."

Und doch war sie so schnell dabei, so zu tun, als wäre sie mit mir in einer. "Gut, dass du mich liebst und mir so sehr vertraust." Ich versuchte, es so klingen zu lassen, als würde ich einen Witz machen.

"Ja", sagte sie. "Gut, dass ich das tue."

★

KAPITEL SIEBZEHN

LADY

Ohmeingott, heute war der beste Tag aller Zeiten. Ich durfte in den Hundepark - wuff, wuff, wuff! Ich lief stundenlang herum und freundete mich mit einem Haufen anderer Hündchen an! Obwohl ich die Kleinste war, waren sie alle super nett zu mir!

Ich lief stundenlang in der Sonne herum! Ich grub im Sandkasten und war ganz mit Sand bedeckt! Meine Mütter dachten, ich würde zum Spaß Löcher graben, aber hier ist die Wahrheit - ich habe versucht, einen Weg nach China zu finden! Hehehehe.

Am Ende des Tages war ich sooo müde. Ich lief und sprang immer noch die Hälfte des Weges zurück zu meiner Wohnung und dann fiel ich hin und schlief direkt auf der Straße ein. Ich hoffe, meine Mütter werden nicht das Bild meines verschlafenen Gesichts posten!

Ich bin so froh, dass wir drei zusammen ausgehen konnten. Es war ein stressiger Tag für Mami Viv, weil einige ihrer Kunden kurz vor der Hochzeit stehen. Sie leitet ein Hochzeitsplanungsunternehmen namens Smythed Hearts direkt im Herzen von Brooklyn. Jedes

Mal, wenn eine ihrer Kunden heiratet, wird es hier hektisch, aber sie liebt jede Minute davon! Schaut euch ihre Website an, indem ihr hier klickt.

Morgen Nachmittag wird sie auf einer Hochzeit sein, also werde ich nicht in den Hundepark gehen können. Mami Bree wird mich jedoch irgendwo hinbringen, wenn sie von ihrem Job nach Hause kommt. Hast du irgendwelche Empfehlungen für Orte, die ich sehen sollte? Hinterlasse einen Kommentar in der Box unten. Ich bin erst vier Monate alt, also ist alles neu für mich!

Hier ist ein Selfie, das Mami Bree von uns dreien aufgenommen hat. Welche anderen Bilder möchtest du sehen? Sagt es mir unten! Wuff, wuff, wuff! Wir sprechen uns später!

★

KAPITEL ACHTZEHN

SABRINA

Ich unterdrückte ein Lachen, als ich mein Telefon auf den Küchentisch legte. Viv hatte mir einen Entwurf von Ladys erstem Post geschickt und ich wollte sie nicht davon abhalten, mehr zu schreiben, aber... "Das könnte das Kitschigste gewesen sein, was ich je gelesen habe", platzte ich heraus.

"Kitschig? Was? Ich habe es wie ein aufgeregter Teenager geschrieben!" Sie hob Lady vom Boden und kuschelte sich an sie. "Ich habe es so geschrieben, wie ich mir vorstelle, dass Lady spricht."

"Nun, ich schätze, es ist irgendwie süß."

Lady knabberte an einer Haarsträhne von Viv, also verdrehte sie die Augen und stellte sie auf den Stuhl neben mich. "Solange du damit einverstanden bist, was ich über dich gesagt habe, werde ich es veröffentlichen. Ich weiß nicht einmal, ob es überhaupt jemand lesen wird. Und wenn ich dadurch keine neuen Kunden bekomme, schreibe ich nichts mehr für den Blog."

"Würdest du so schnell aufgeben?", hänselte ich. "So viel zum Thema Virales Marketing."

Sie feuchtete ein Tuch an und wischte über die Theke. "Ich weiß nicht. Jetzt, wo ich das veröffentlichen will, bin ich wieder verunsichert."

"Weil es vielleicht alles eine Lüge ist?"

"Ich schätze, das ist ein großer Teil davon." Sie wandte sich von mir ab, um an einer bestimmten Stelle zu schrubben. "Ich wäre viel entspannter, wenn ich einfach über Lady bloggen könnte, ohne diese ganze vorgetäuschte Beziehungssache."

"Mmm.... das ist meine Schuld. Es tut mir leid."

"Kein Grund zur Entschuldigung. Wenn das gut läuft, wird dein kleiner Spaß mein Geschäft boomen lassen."

"Und das war die ganze Zeit mein Plan." Ich kraulte Lady am Kopf.

Viv war einen Moment lang ruhig, als sie die Theke weiter reinigte und dann drehte sie sich um und sah mich direkt an. "Warum hast du das getan, Bree? Hast du wirklich gedacht, dass es einfach lustig wird?"

Mein Herz zog sich zusammen. Sie sah mich so aufmerksam an, als ob sie sich das seit dem Tag, an dem es passiert war, gefragt hätte. Ich hatte gewusst, dass der Witz sie von Anfang an störte, aber ich hatte nicht geahnt, inwieweit.

"Ja", sagte ich leise. "Janine nahm an, dass wir zusammen sind und es schien einfach..." Es schien mir eine Chance zu sein, so zu tun, als hätte ich das Mädchen, das ich immer wollte. "Ich hätte nie gedacht, dass es so weit gehen würde. Ich hätte nie gedacht, dass es irgendwohin führen würde. Die ganze Sache sollte nach fünf Minuten vorbei sein."

"Das ist wahr." Sie ließ ihr Tuch in die Spüle fallen. "Manchmal vergesse ich, wie klein es angefangen hat."

"Es hat sich so schnell verbreitet und es tut mir wirklich leid." Ich stand auf und schnappte mir Ladys nächstes Kauspielzeug, in der Hoffnung, dass wir mit diesem Gespräch fertig werden könnten.

"Ich schätze, ich verstehe einfach nicht, warum es lustig war", sagte Viv, zerstörte meinen Plan und ließ mich erschaudern.

"Weil wir kein Paar sind und du Janine glauben lässt, dass wir es sind."

"Hmm..." Sie lehnte sich gegen die Theke und richtete ihre Aufmerksamkeit auf mich. "Also war der Witz, dass du überhaupt in einer Beziehung bist? Oder dass du speziell mit mir in einer bist?"

Ich stand unbeholfen da, auf halbem Weg zwischen dem Stuhl, auf dem Lady saß, und dem Spielzeug, das ich aufheben wollte. "So war das nicht."

"Wie war es?"

"Ich habe nicht darüber nachgedacht!" Ich schürzte meine Lippen und fragte mich, wie ich sie dazu bringen konnte, es zu verstehen. Es klang fast so, als wäre sie beleidigt von dem, was ich getan hatte. Aber das ergab keinen Sinn. "Es war eine spontane Sache. Ich habe keinen Teil davon geplant."

Mit einem leichten Schnaufen öffnete sie den Schrank und nahm eine Schachtel Pasta heraus. Nachdem sie einen Topf mit Wasser gefüllt hatte, zündete sie den Gasbrenner.

"Du machst mir Nudeln, was?" Ich hoffte, dass ihr Abendessen bedeutete, dass sie mit dieser Art von Befragung fertig war. "Was machst du dazu?"

"Du hast Glück, wenn du welche bekommst", murmelte sie.

Wir sprachen beim Abendessen noch etwas über den Blog, den Viv mir freundlicherweise gezeigt hatte. Während Lady von der Arbeitsfläche aus auf uns aufpasste, klickten wir gemeinsam auf "Veröffentlichen" und posteten den Link auf der Facebook-Seite des Tierheims.

Dann war es Zeit für mich, mich mit meiner Freundin Georgia in einer neuen Bar in Tribeca zu treffen. Der Ort war ausgefallener, als die, in denen wir normalerweise waren - ein renovierter Dachboden mit hohen Decken und Blick auf die Umgebung.

Sie hatte gerade eine Beförderung auf der Arbeit bekommen, also gingen die Drinks auf sie und ich beschwerte mich nicht, als sie uns einen vollen Krug Bier bestellte. Sie hatte hart gearbeitet, um an diesen Punkt zu kommen und sie verdiente es zu feiern - auch wenn ich persönlich nichts hatte, worüber ich glücklich sein konnte.

Ich erzählte ihr von der Blog-Idee, was sie herzlich zum Lachen brachte. Sie krümmte sich fast vor Lachen, als sie die Worte von Lady las. "Vivian muss Spaß daran gehabt haben, das zu schreiben", sagte sie.

"Was meinst du damit? Lady hat das geschrieben."

"Es ist so nett von Lady, die Details über Vivians Firma zu erwähnen", lachte Georgia. "So ein geschäftssinniger Welpe."

"Sie hat eine starke Zukunft in der Berufswelt, wenn sie sich ins Zeug legt und durchhält."

Georgia goss sich selbst ein neues Glas Bier ein. Ein Mann etwa in unserem Alter wählte diese Zeit, um heranzukommen und einen der leeren Stühle an unserem Tisch zu nehmen.

"Nur zu, nimm es", sagte ich und winkte ihm zu. "Wir brauchen ihn nicht."

Er schenkte mir ein sanftes Lächeln. "Ich hatte gehofft, dass ich mich mit dir zusammensetzen könnte." Sein Haar war nach hinten gekämmt und die Muskeln wölbten sich unter seinem langärmeligen Jersey-Shirt.

Ich fragte mich, ob dieser Blick wirklich attraktiv auf Frauen wirkte. "Wir sind gerade mitten in einem Gespräch."

Ohne zu zögern, setzte sich der Typ und lehnte sich zu mir hin. "Ich werde nicht viel von deiner Zeit in Anspruch nehmen -"

"Versuch keine Zeit in Anspruch zu nehmen", murmelte Georgia.

"Ich musste nur sagen, dass ich dich schon eine Weile beobachte und du bist absolut hinreißend." Der schmierige Typ wartete auf meine Reaktion, als ob das mich beeindrucken sollte oder so.

Ich rollte stattdessen mit den Augen. "Ich weiß. Und?"

"Du... weißt es schon?" Das schien ihn schließlich zu stören.

"Ja, ich bin mir dessen sehr bewusst. Ich schaue jeden Tag in den Spiegel. Und wenn du genau hingesehen hättest, hättest du vielleicht die Tatsache bemerkt, dass ich lesbisch bin."

"Nein, das sagst du nur so." Der Typ runzelte seine Stirn, als er mich wieder ansah. "Küss sie und beweise es."

"Okay, du fragst danach." Ich sprang von meinem Stuhl auf und stellte mich vor ihn. Ich wusste, dass ich es bei einem Kampf nicht mit einem Mann aufnehmen konnte, aber da der Alkohol durch meine Venen floss, hatte ich Lust, es zu versuchen. "Ich muss dir keinen Scheiß beweisen. Sie ist meine Freundin, kein Date, nicht, dass es überhaupt wichtig ist. Ich werde niemanden küssen, um deinem dummen Arsch etwas zu beweisen."

"Herrje! Du musst nicht so unhöflich sein." Der Typ stand ungeschickt auf. "Alles, was ich versucht habe, war, dir ein Kompliment zu machen."

"Nein", sagte Georgia angeekelt. "Du hast versucht, sie anzumachen, oder du wärst gegangen, sobald du ihr das Kompliment gemacht hast."

"Wir haben von Anfang an klargestellt, dass du an diesem Tisch nicht willkommen bist", fügte ich hinzu. "Ich schlage vor, dass du jetzt gehst, oder wir bitten den Barkeeper, dich rauszuwerfen."

"Schlampen... ihr seid lesbisch, weil ihr keinen Mann abbekommt." Er taumelte zurück zu denen, von dem ich annahm, dass es seine Freunde waren. Sie schlugen ihm auf den Rücken, als er sich wieder auf seinen Stuhl setzte und obwohl ich nicht hören konnte, was er ihnen erzählte, konnte ich mir vorstellen, wie er zweifellos die Geschichte verdrehen würde.

"Was für ein Idiot", sagte ich. "Lesbisch, weil wir keinen Mann bekommen."

"Du hast ihn abgewiesen", sagte Georgia lachend. "Er hatte nur Augen für dich. Er sah mich nicht einmal an."

"Willst du, dass ich ein gutes Wort für dich einlege?", hänselte ich. "Ich würde deiner aufkeimenden neuen Beziehung nicht im Weg stehen wollen."

Sie verschluckte sich an ihrem Drink. "Nein, danke. Ich denke, alles ist gut, wie es ist." Sie nahm noch einen Schluck, um mit dem Husten aufzuhören, und wandte sich dann nachdenklich an mich. "Du hättest so tun können, als wäre ich deine Freundin."

"Ich kenne diese Art von Kerl. Es hätte nicht geholfen."

"Ja, ich weiß. Ich meine, es hätte in dieser Situation eine Option sein können, aber du hast nicht darüber nachgedacht." Sie sah mich noch härter an. "So wie du die Geschichte von Lady erzählt hast, hast du ziemlich schnell so getan, als wäre Vivian deine Freundin."

"Eine spontane Sache", sagte ich. "Das war ganz anders."

"Hmm..."

Ich leckte meine Lippen. "Was?"

"Bist du sicher, dass du nicht so getan hast, als wärt ihr zusammen, weil du den unbewussten Wunsch hast, mit ihr zusammen zu sein?"

Ich starrte in meinen Drink. Ich bewahrte dieses Geheimnis schon lange für mich. Vielleicht war es an der Zeit, darüber zu reden. Georgia war schon immer eine gute Freundin gewesen und obwohl sie Viv ein wenig kannte, waren sie eigentlich keine Freunde.

"Oder ein bewusster Wunsch, mit ihr zusammen zu sein", sagte ich leise. "Du darfst es ihr nie sagen, okay? Niemals."

"Sabrina!" Sie schlug mir auf den Arm. "Warum machst du nicht einen Versuch? Ihr seid seit Ewigkeiten Freundinnen und ihr passt perfekt zusammen!"

"Findest du?", fragte ich.

"Duh!", sagte sie, die Augen strahlten. "Du bist perfekt als Mitbewohnerin. Warum sollte das nicht auf Dating hinauslaufen? Machst du dir Sorgen um die Sexualchemie?"

"Nein!" Ich zitterte bei dem Gedanken. Ich war mir ziemlich sicher, dass schon das Zusammensein mit Viv mich umhauen würde. Was den Sex anging, na ja... Ich hatte ein paar Tricks gelernt, als ich mich jahrelang mit Frauen verabredet hatte. "Es gibt nur ein winziges Problem, das heißt: Sie steht nicht so auf mich."

"Hast du sie auf ein Date eingeladen?"

"Nicht mit diesen Worten, aber ich habe die Idee aufgegriffen." Der bittere Geschmack von Galle kam in meinen Mund. "Gerade heute Abend fragte sie mich, warum ich dieses angebliche Freundinnen-Ding gemacht habe. Sie war nicht glücklich darüber."

"Weil sie vielleicht deine richtige Freundin sein will?" Georgia rollte mit den Augen. "Ich schwöre, da war immer etwas zwischen euch beiden. Ich dachte nur, du willst dich mit niemandem dauerhaft einlassen."

Was war es, dass die Leute in letzter Zeit so etwas dachten? "Ich würde mich mit der richtigen Person einlassen wollen", sagte ich. "Ich kann einfach... nicht die haben, die ich will."

"Sabrina!", sagte sie noch einmal und schlug mich noch härter. "Wo ist meine knallharte, verführerische Freundin, die jede Frau bekommen kann, die sie will, und das auch weiß? Wer ist diese schüchterne Braut, die ich noch nie zuvor getroffen habe?"

Ich ließ meinen Kopf hängen. "Ich schätze, Viv bringt sie in mir zum Vorschein."

★

KAPITEL NEUNZEHN

VIVIAN

"Mir ist langweilig", sagte ich. "Willst du auf ein Date gehen?"

Sabrinas Augen weiteten sich, während sie die Stirn runzelte. Sie sah völlig verwirrt aus von der Idee, mit mir ein Date zu vereinbaren, was ja auch Sinn ergab.

Ich hatte die Frage absichtlich auf provokative Weise gestellt, um zu sehen, wie sie reagieren würde. "Ein falsches Date", sagte ich. "Um Fotos zu machen, damit ich darüber bloggen kann."

"Oh." Sie lehnte sich an den Türrahmen der Küche und ihr Gesicht sagte, dass nichts geklärt war. "Würde Lady mitkommen?"

"Ich glaube nicht, dass Welpen zu ausgefallenen Kunstausstellungen zugelassen sind." Ich stieß Lady liebevoll mit meinem Fuß an. "Tut mir leid, Lady."

Wenn es möglich war, runzelte Sabrina noch mehr die Stirn. "Du willst zu einer ausgefallenen Kunstausstellung gehen? Seit wann ist das dein Ding?"

"Ich muss ein bestimmtes Image für meine Firma vermitteln." Und ich wollte immer die Art von Person sein, die zu stilvollen, künstlerischen Dingen geht.

"Wie soll Lady darüber schreiben, wenn sie nicht da ist?"

"Ich werde es herausfinden", seufzte ich. "Bist du dabei oder nicht?"

"Wirst du gehen, wenn ich nicht gehe?"

"Nein. Ich will ein heißes Date." Und das war völlig ehrlich gemeint.

Den Leuten gefiel der Blog "A Cup of Lady Gray" mehr, als ich erwartet hatte. Ich hatte bereits eine treue Leserschaft mit Tausenden von Followern und anstatt nach Ablauf meiner fünfzehn Minuten Ruhm zu verblassen, schien ich mit jedem Beitrag neue Leser zu gewinnen.

Das Publikum liebte unsere "Beziehung" genauso sehr wie Lady. Und wenn ich mich selbst folterte, indem ich vorgab, die Hälfte eines super glücklichen Paares zu sein, wollte ich zumindest auf so viele Arten wie möglich von der Situation profitieren.

Mein Geschäft wuchs und das war großartig. Aber wenn dabei auch eine kulturelle Veranstaltung mit einem hübschen Mädchen am Arm herausspringen würde, warum nicht?

Ich lächelte vor mich hin. Bree war im Allgemeinen ein Hingucker und sobald sie sich schick gemacht hatte, waren alle Augen stets auf sie gerichtet. Und sie würden alle vor Neid erblassen, weil sie bei mir sein würde.

"Cool", sagte sie. "Lass es uns tun."

Wir machten uns bereit und trafen uns dann wieder im Wohnzimmer. Ich sah Sabrina zuerst an. Sie hatte sich für einen dunklen, passgenauen Anzug mit einem weißen Hemd darunter entschieden. Es sah fast wie ein Smoking aus, aber auf eine lässige Weise - aber so elegant! Sie sah unglaublich aus.

Ich hatte ein knielanges, hellblaues Kleid aus einem zarten Stoff angezogen, das beim Bewegen schimmerte. Ich hatte es nicht aus einem bestimmten Grund gekauft, sondern war mit meiner Mutter einkaufen gewesen und als sie es sah, bestand sie darauf, dass ich es anprobierte. Dann kaufte sie es für mich. Ich hatte seitdem auf den richtigen Anlass gewartet, um es zu tragen.

Als Sabrina mich ansah, keuchte sie. "Wow. Einfach.... wow."

"Das ist das Beste, was du hervorbringst?", fragte ich mit einem Grinsen. "Ich dachte, du wärst so freundlich. Verführst du so all die Mädchen, mit denen du spielst?"

Sie sah mich von Kopf bis Fuß an. Wenn ich mich jemals gefragt hatte, ob sie sich zu mir hingezogen fühlte, hatte ich meine Antwort, und das Wissen schickte leichtes Kribbeln über meine Wirbelsäule. "Ich würde nie mit dir spielen", sagte sie heiser.

Weil sie sich nicht mit mir verabreden wollte. Natürlich.

Lady machte einen gut geplanten Auftritt und ging mit einer Reihe von Jauchzern ins Wohnzimmer. "Awww, du weißt, dass wir ausgehen, nicht wahr?", fragte ich und hob sie auf.

"Wir sollten ein paar Fotos mit ihr machen", sagte Sabrina. "Auf diese Weise kann sie immer noch Teil des Blog-Posts sein."

Richtig, der Blogbeitrag. Der Grund, warum wir heute Abend ausgehen. "Sicher", sagte ich.

Wir bauten den Selbstauslöser auf und standen zusammen am Fenster. Lady erlaubte mir, sie zu halten, während Sabrina ihren Arm über meine Schultern legte. Es war seltsam, aber ich hatte das Gefühl, als würde sie zittern. Aber wahrscheinlich spürte ich nur mein eigenes Toben. Und obwohl unsere vorgetäuschte Beziehung schon so lange ging, wurde ich jedes Mal nervös, wenn wir uns berührten.

"Du musst näher ran", sagte Sabrina beiläufig. "Du sollst so aussehen, als wärst du meine Geliebte."

Ich rückte näher. Unsere Körper berührten sich ganz, nicht nur unsere Arme. Ich drückte Lady zusammen und hoffte, dass die Konzentration auf sie meinen bevorstehenden Herzinfarkt verhindern würde. Sie war es gewohnt, festgehalten zu werden, also blieb sie ziemlich still. Ich stieß an die Seite ihres Kopfes und brachte sie dazu, in die Kamera zu schauen.

"Lächle", sagte Sabrina und lehnte ihren Kopf gegen meine Schulter.

Wollte sie mich umbringen? Ich entblößte meine Zähne zu etwas wie einer Grimasse. Ihr Erdbeerduft ließ meinen Kopf drehen und war das ihre Brust, die gegen meinen Arm stieß?

"Wir sind fertig." Ich löste mich, mein Herz pumpte wie verrückt.

Sie sah mich neugierig an. "Bist du sicher, dass wir genug Bilder haben?"

"Lady wollte nach unten." Der Welpe sprang an mein Schienbein und versuchte eindeutig, meine schwache Ausrede zu widerlegen.

"Okay", sagte Sabrina. "Möchtest du noch ein paar mehr? Wir haben vielleicht keine Chance, sobald wir in der Galerie sind."

Nein, ich wollte nicht mehr Fotos. Ich wollte, dass diese ganze Nacht vorbeiging und dass ich allein in meinem Bett war. Ich bedauerte zutiefst, dass ich jemals vorgeschlagen hatte, dieses Fake-Date zu machen.

"Du stehst heute Abend wirklich darauf, Fotos zu machen", sagte ich und ging der Frage aus dem Weg. "Fühlst du dich ziemlich selbstsicher, weil du so gut aussiehst?"

"Es geht nicht um mich." Sie sah mich mit Aufrichtigkeit in den Augen an. "Du siehst atemberaubend aus und ich will ein Foto davon, um es für immer aufzubewahren."

Ich trat zurück und biss mir auf die Lippe. Ich hätte sie nicht für ihre Liebenswürdigkeit ärgern sollen, denn jetzt drehte sie den Charme für mich auf. Warum? "Also sagst du, dass ich normalerweise nicht atemberaubend aussehe", sagte ich als schwachen Versuch des Humors.

"Das tust du, aber heute Abend..." Sie streckte eine Hand nach mir aus und lud mich ein, wieder vor die Kamera zu treten. "Heute Abend siehst du exquisit aus."

Meine Wangen erhitzten sich und mein Herzschlag nahm wieder Fahrt auf. Ich hatte keine Ahnung, was in Sabrinas Kopf vor sich ging, dass sie so mit mir sprach.

Alles, was ich tun konnte, war zu versuchen, es zu genießen, solange es andauerte.

★

KAPITEL ZWANZIG

SABRINA

Bis vor ein paar Monaten war ich eine abgebrannte Studentin gewesen. Im Moment war ich immer noch völlig pleite. Ausgefallene Kunstausstellungen waren kein Ort, an dem ich normalerweise herumhing und ich hatte nicht geplant, das zu ändern.

Es war reines Glück, dass der Anzug, den ich zum College-Abschluss trug, hier war und nicht in einem Karton, der bei meinen Eltern Staub ansammelte. Ich fühlte mich immer noch wie ein Kind, das sich verkleiden wollte, wenn ich ihn anzog.

Viv hingegen sah aus wie ein Superstar bei den Oscars. Sie schien sich in dieser Glas- und Stahlgalerie vollkommen wohl zu fühlen. Viv hatte eine Champagnerflöte in der Hand - ich hatte nicht einmal gesehen, woher sie sie bekommen hatte - und sie flog durch den Raum und betrachtete die Bilder und Skulpturen. Sie hielt mich am Ellbogen und nahm mich mit, wohin sie auch ging.

Ich sah kaum das Kunstwerk vor mir. Da sie mich nonstop berührte, fiel es mir schwer, überhaupt zu denken. Wir waren noch nie zuvor als Scheinpaar ausgegangen und anscheinend war es in Vivs Vorstellung so, dass Paare sich nie losließen.

Das kleine Kribbeln, das sie immer bei mir auslöste, hatte sich in ein langes Kribbeln der Erwartung verwandelt - eine Erwartung, von der ich wusste, dass sie sich nicht erfüllen würde. Ich hätte vielleicht nicht zugestimmt, heute Abend mitzukommen, wenn ich gewusst hätte, dass es so intensiv sein würde.

"Was hältst du von diesem?", fragte sie, drückte meinen Arm und nickte in Richtung des Bildes vor uns.

Es zeigte eine nackte Frau, die mit dem Rücken zum Betrachter saß. Sie drehte leicht ihren Hals, sodass man das Profil ihres Gesichts sehen konnte. Ihre untere Hälfte verblasste in dem schwarz-weißen Hintergrund.

"Es ist schön." Mir gefiel die Silhouette der spitzen Brustwarze der Frau, aber das wollte ich Viv nicht sagen. "Es ist... abstrakt."

"Ja."

Ich war froh, dass sie zustimmte, denn das war so ziemlich der einzige Kunstbegriff, den ich kannte.

"Lass uns die komplette Runde noch einmal drehen", sagte sie. "Ich finde immer, dass ich mehr in Kunstwerken sehen kann, wenn ich sie das zweite Mal sehe. Warte, wo ist dein Champagner? Hast du ihn leergetrunken?"

"Ich habe keinen bekommen."

"Hast du den Kellner nicht gesehen, als er vorbeikam?" Als ich den Kopf schüttelte, drückte sie wieder meinen Arm. "Den Typ mit der schwarzen Weste und dem weißen Hemd? Derjenige, der ein riesiges Tablett mit kostenlosem Alkohol hält? Hast du das verpasst?"

"Oh, das tut er also..."

Wir schafften es, mir ein Glas zu besorgen und sind dann ein wenig weiter umhergegangen. Zu meiner Überraschung traf Viv hier ein paar Bekannte. Sie starrten mich an, kamen aber nicht auf unsere Beziehung zu sprechen. Entweder waren sie nicht neugierig genug, um zu fragen, oder wahrscheinlicher: Sie kannten bereits alle Details aus unserem Blog.

"Das ist irgendwie nett", flüsterte ich Viv zu, als wir allein waren.

Sie lachte und ihr Lächeln zeichnete sich in den Augenwinkeln ab. "Hättest du gedacht, dass es scheiße wird?"

"So ungefähr."

"Warum bist du dann mitgekommen?"

Ich zuckte mit den Achseln und bewunderte, wie der Ausschnitt ihres Kleides ihrem Schlüsselbein schmeichelte. "Weil du es wolltest und ich schulde dir viel. Ich würde so ziemlich alles tun, was du willst."

"Selbst wenn ich dich bitten würde, mehr Fotos mit mir zu machen?"

Ich wünschte, sie würde mich um eine ganze Menge mehr bitten. "Natürlich", sagte ich einfach.

Sie drehte sich um und zog ihr Handy aus der Handtasche. Keiner der Leute, mit denen wir geplaudert hatten, war in Sichtweite, also näherte sie sich einem Fremden. "Entschuldigung, würde es dir was ausmachen, ein Foto von mir und meiner Freundin zu machen?"

Ein schmerzender Stich schoss durch mich hindurch, als ich hörte, dass sie mich so nannte. Das Wort ging ihr so leicht von der Zunge, aber ich wusste, dass sie mich nie so nennen würde.

Der Mann, den sie gefragt hatte, war Teil eines Paares, und die beiden traten zu uns, als wir einen Platz vor den Stahlträgern am Eingang wählten.

"Warte mal eine Sekunde", sagte die Frau. "Ihr zwei... ihr seid nicht etwa... Ladys Mütter?"

Viv und ich tauschten einen Blick aus. Wir wurden noch nie zuvor von Fremden erkannt. "Das sind wir", sagte ich so fröhlich, wie ich es nur konnte.

"Ich habe Hubert gerade euren Blog gezeigt! Nicht wahr, Schatz? Das sind die beiden, die so bezaubernde Bilder von ihrem Welpen posten!"

Meine Augen weiteten sich immer mehr, während sie sprach. Ich wusste, dass Viv über uns schrieb und postete, und ich war glücklich genug, für Bilder zu posieren - aber irgendwie hatte es bei mir nie Klick gemacht, dass es echte Leute gab, die auf uns aufmerksam wurden.

Die Frau bestand darauf, etwa hundert Fotos von uns zu machen, für die wir uns in immer unangenehmeren Positionen aufstellen mussten. Am Ende hatte sie uns praktisch dazu gebracht, uns gegenseitig die Gesichter zu lecken.

Endlich war die Tortur vorbei, ohne Schaden zu erleiden, außer an meinem jetzt durchweichten Höschen. "Ich erwähne dich als Fotografin im Blogbeitrag", sagte Viv und schrieb der Frau die Informationen auf.

"Unglaublich. Ich kann es nicht glauben." Die Frau - unser Fan - streichelte die Hand ihres Partners und sah noch aufgeregter aus. "Und vielleicht bleiben wir in ein paar Monaten in Kontakt. Wir reden davon, uns im Frühjahr zu verloben."

Viv sprudelte vor Aufregung und stellte hundert Fragen darüber, wie ihre Hochzeit aussehen könnte. Ich versuchte, ihren Worten zu folgen, aber ich schaffte es nur, ein halbherziges "Glückwunsch" herauszubekommen.

Ich freute mich für die beiden. Das tat ich wirklich.

Ich wünschte nur, ich könnte selbst etwas Glück finden.

★

KAPITEL EINUNDZWANZIG

LADY

WOOF. WOOF. Ich bin so wütend! Wie können es meine Mamas wagen, die ganze Nacht ohne mich auszugehen? Wissen sie nicht, dass ich sie brauche, um mit mir zu spielen und mir Gesellschaft zu leisten?

Sie sahen wirklich hübsch aus, bevor sie weggingen und ich liebte es, mit ihnen zu kuscheln, während sie diese Fotos machten. Trotzdem gleicht das nicht aus, dass sie mich verlassen haben! Ich hätte in Mami Vivs Handtasche mitkommen können. Niemand hätte mich bemerkt.

Als sie nach Hause kamen, rieben sie mir den ganzen Spaß, den sie hatten, unter die Nase, indem sie mir diese Bilder zeigten! Schaut euch nur diese wunderschönen Gemälde an, die sie auf der Kunstausstellung gesehen haben. Ich hätte gerne alle Kunstwerke persönlich gesehen. Wer sagt, dass Welpen nicht an Kultur interessiert sind?

Und schau, wie glücklich sie auf diesem letzten Bild sind! Ein Fan des Blogs machte es für sie. Man kann die Liebe in Mami Vivs strahlendem Gesicht sehen.

Oder war das der Schwips durch den Champagner? Ich weiß es nicht! Ich bin nur ein Welpe!

★

KAPITEL ZWEIUNDZWANZIG

VIVIAN

Ich lag auf dem Rücken im Bett, schrieb weiter und atmete tief durch. Ich zeigte Sabrina immer meine Blog-Updates, bevor ich sie veröffentlichte. Es wäre schön, das zu posten, bevor ich ins Bett ging, aber es war fast zwei Uhr morgens und ich war mir nicht sicher, ob sie schon eingeschlafen war.

Der Champagner muss mich dazu gebracht haben, ehrlicher zu schreiben als sonst. Ich konnte meiner Ehrlichkeit nicht widerstehen, nachdem ich mir die Bilder angesehen hatte. Meine Verehrung für Sabrina stand mir ins Gesicht geschrieben und ich wollte, dass die Welt es weiß.

Wenn die Öffentlichkeit unsere Beziehung unter die Lupe nehmen würde, konnte ich ebenso sehr die guten Seiten hervorheben. Sabrina machte mich so glücklich, auch als Freundin. Ich schloss meine Augen und ließ den heiteren Schwips übernehmen, als ich darüber nachdachte, wie sie bei dem, was ich heute Abend gewollt hatte, mitgemacht hatte. Ich hatte so viel Glück, sie zu haben.

Schließlich rollte ich mich aus dem Bett und ging auf Zehenspitzen ins Wohnzimmer. Sabrina lag eingerollt auf der Ausziehcouch, aber als ich sie anschaute, gähnte sie und drehte sich auf ihren Rücken. "Hey", sagte ich.

"Heilige Scheiße." Sie schoss in eine sitzende Position und keuchte hörbar. "Was ist los?"

"Ich wollte dich nicht erschrecken. Ich konnte nicht schlafen, also schrieb ich den Blogbeitrag. Ich dachte, du würdest ihn anschauen wollen, bevor ich ihn veröffentliche."

"Um diese Zeit?", fragte sie gähnend und überprüfte die Uhrzeit auf ihrem Handy. "Es ist mitten in der Nacht. Wo ist Lady?"

Bei der Erwähnung ihres Namens trottete der Welpe in den Raum. Sogar sie sah schläfrig aus und ich vermutete, dass sie in ihrer Kiste fest geschlafen hatte. Ich hätte wahrscheinlich den Blog-Post auf den Morgen verschieben sollen. Oh, nun ja. Jetzt war es bereits zu spät.

Lady rieb sich an Sabrinas Waden, bis sie sie aufhob und auf das Bett legte. Lady machte es sich bequem und Bree nahm mein Handy und legte sich neben den Welpen. Ich stand einen Moment lang da und starrte sie an und wünschte, ich hätte eine andere Kamera als mein Handy, damit ich festhalten konnte, wie perfekt sie gerade jetzt zusammen aussahen. Als ich mich unbeholfen fühlte, kam ich zur Vorderseite des Bettes und setzte mich behutsam auf den Rand.

Sabrina beendete das Lesen, dann sah sie zu mir auf. "Das war... schön." War es meine Einbildung oder war der Hauch einer Skepsis in ihrer Stimme?

"Es macht dir nichts aus, wenn ich es poste?", fragte ich.

"Natürlich nicht. Nur zu." Sie reichte mir mein Telefon zurück und unsere Finger berührten sich für eine kurze, elektrisierende Millisekunde. "Ich bin überrascht, dass du das letzte Stück geschrieben hast", sagte sie. "Der Teil darüber, wie deine Liebe zu mir auf deinem Gesicht sichtbar ist."

Ich zuckte mit den Schultern. "Es ist aber wahr. Ich liebe dich wirklich." Ich versuchte, blasiert zu klingen, als ich es sagte - ich hatte vielen meiner Freundinnen schon gesagt, dass ich sie liebte und umgekehrt. So hatte es sich aber noch nie angefühlt. Vor allem, weil Sabrina nicht antwortete und die Worte einfach in der Luft hingen.

"Platonisch", sagte sie schließlich - keine Frage, sondern eine Aussage.

"Mmm."

Ich stand auf und sah keine Möglichkeit, zu antworten, ohne meine Gefühle zu verraten. So wie Bree es gesagt hatte, hätte ich fast gedacht, dass sie mehr als nur Freundschaft wollte. Aber sie würde mich nie so wollen, wie ich sie wollte - es lag nicht in ihrer Natur. Und wenn ich sie nicht für immer haben konnte, wollte ich nicht, dass sie mir das Herz bricht. Platonisch zu bleiben war weniger schmerzhaft als eine kurze Beziehung oder eine Freundschaft mit gewissen Vorzügen.

"Viv? Setz dich zu mir." Sie klopfte die Matratze auf halbem Weg zwischen dem Rand, wo ich gesessen hatte und den Punkt unmittelbar neben ihr. Ihre Bewegung ließ Lady ihre Ohren hin und her schwenken. Als ich mich zögernd hinsetzte, bekam der Welpe Angst und rannte aus dem Raum.

Jetzt waren es nur noch wir beide, ganz allein. Die Nacht war fast pechschwarz; nur das schwache Licht, das durch den

Spalt meiner Schlafzimmertür fiel, erhellte die Nacht. Mein Schwips war nicht ganz verschwunden und alles an diesem Moment wirkte verschwommen.

Es war die Art von Moment, die kluge Menschen dazu brachte, dumme Entscheidungen zu treffen.

Ich räusperte mich. "Was ist los?", fragte ich. "Hast du Angst vor der Dunkelheit?"

"Ich hatte nur Lust, dass du bei mir bleibst." Sie lachte leise. "Ist das seltsam?"

"Es könnte sein, wenn du versuchst, mich zu verführen, aber da ich mir ziemlich sicher bin, dass du es nicht tust, werde ich einfach sagen, dass es das ist, wofür Freundinnen da sind."

Sie wackelte ein wenig herum und warf die Decken halbwegs von ihr weg. Sie trug ein schäbiges weißes Tank-Top, das der Fantasie kaum etwas anhaben konnte und ein Schuss Adrenalin fuhr durch mich hindurch, als ich die Umrisse ihrer Brustwarzen aufnahm.

"Leg dich hin", sagte sie schläfrig.

Mein Herzschlag nahm Fahrt auf. "Was?"

"Schon gut. Ich fühle mich einfach so, als würde ich träumen..." Sie hielt inne und ich hätte schwören können, dass in ihren Augen Traurigkeit zu sehen war. "Ich weiß, dass du dich nicht mit mir hinlegen willst."

Ich wollte das mehr als alles andere auf der Welt. Ich versuchte nur, mein armes Herz zu schützen. Aber sie klang im Moment so unsicher und verletzlich und mehr als je zuvor wollte ich sie nur glücklich machen.

Die rationale Stimme in meinem Hinterkopf sagte, dass ich jede Vorsicht aus dem Fenster warf. Zu schade, dass ich diese Stimme nicht mehr gehört habe.

Ich streckte mich an Sabrinas Seite aus, nah genug an ihr, dass ich die Wärme ihres Körpers spüren konnte. Wir waren eine Minute lang still. Es war eine Überraschung und doch irgendwie keine Überraschung, als ihre Hand über meine Taille glitt.

"Bree?", fragte ich.

"Es tut mir leid, Viv. Ich... könntest du mich festhalten? Als Freundin?"

Sie klang jetzt erstickt und ich verstand nichts mehr. "Du willst nicht mit mir kuscheln", sagte ich. "Du bist nur einsam. Du hattest schon lange kein Date mehr."

Anstatt zu reagieren, atmete sie lang und frustriert aus. Der Klang reichte aus, um meine Meinung zu ändern. Ich drehte mich um und plötzlich war ihr Körper direkt gegen meinen gedrückt. Unsere Körper passten perfekt zusammen - ihr Kopf schmiegte sich in meinen Hals, mein Arm glitt unter ihren Hals, ihre Brüste ruhten unter meinen.

Wir hatten uns schon so oft berührt, aber nicht nachts allein in einem Bett und das machte anscheinend den Unterschied aus. Sie brachte mich normalerweise schon durcheinander, aber im Moment ließ ihre Berührung meinen Kopf kreisen. Alles fühlte sich verschwommen und irgendwie unwirklich an. Es war, als wäre ich viel betrunkener, als ich es hätte sein sollen.

Ich wusste nicht, was wir taten und als einatmete, war es egal. Sie roch so unglaublich gut, nach Erdbeeren im Regen.

Ich musste versuchen, mich von diesem Duft nicht verrückt machen zu lassen. Sie schien etwas durchgemacht zu haben.

"Was ist das?", fragte sie flüsternd.

"Was ist was?" Ich nannte sie fast instinktiv "Baby", hielt mich aber in letzter Sekunde zurück.

"Dieser Geruch. Das Jasmin." Sie atmete tief durch. "Ist es ein Parfüm oder ein Shampoo oder was?"

Ich kicherte. "Das ist es, was du mich jetzt fragst?"

"Ich bin seit Wochen darauf aus, es zu erfahren. Seit Monaten." Sie hielt inne. "Vielleicht seit Jahren."

"Es ist nur Seife."

Während ich sprach, hallten ihre Worte in meinem Kopf wider. Monate? Jahre? Was hatte sie gerade gesagt? Warum lagen wir in diesem Bett und hielten uns gegenseitig fest?

Ich wusste, dass sie nicht versuchte, mich zu verführen. Es gab nichts Sexuelles an diesem Moment - nun, abgesehen davon, wie erregt ich war. Sie ihrerseits schien nicht erregt oder übermütig zu sein. Sie schien verzweifelt zu sein. Verzweifelt nach etwas, aber ich wusste nicht, was es war.

"Bree?", fragte ich und zögerte. Ich konnte mir nicht vorstellen, wie ich die Frage, die ich stellen wollte, formulieren sollte. So etwas wie... hatte sie wirklich ein Problem damit gehabt, als ich ihr Angebot, bei dieser Feier zu tanzen, abgelehnt hatte? Oder hatte sie die Wahrheit gesagt, als sie meinte, dass sie sich seit Jahren nach mir sehnt?

Ich wusste nicht, wie lange es gedauert hatte, meine wirren Gedanken in eine zusammenhängende Frage zu verwandeln. Es spielte keine Rolle, denn anscheinend nahm sie meine Pause als Einladung.

Ihr Kopf neigte sich nach oben. Ihre Augen starrten in meine Seele.

Und plötzlich trafen ihre Lippen die meinen.

★

KAPITEL DREIUNDZWANZIG

SABRINA

Ich hatte gerade Vivian geküsst. Die Vorstellung war zu unmöglich, um real zu sein, und es dauerte einen langen Moment, bis mein Verstand begriff, dass es passiert war. Ich hatte sie nicht nur geküsst, sondern ich küsste sie immer noch.

Als ich erkannte, dass etwas Unglaubliches passierte, das sich zweifellos nie wiederholen würde, versuchte ich, mich auf jeden Aspekt dieses Kusses zu konzentrieren. Ihr Seifenduft lag in meiner Nase.... ihr weicher Körper so nah bei mir... ihre Lippen drückten heftig gegen die meinen.

Einen Moment. Sie küsste mich zurück?

Ich versuchte zu atmen, als die Erkenntnis mich traf. Sie zog sich nicht zurück oder stand auf - sie küsste mich genauso eifrig, wie ich sie küsste. Ich konnte ihre Atmung spüren, ihren Herzschlag durch die Schwellung ihrer Brust spüren. Ihre Haut war so glatt wie nichts, was ich mir hätte vorstellen können, und seidige Strähnen ihres Haares flogen über mein Gesicht.

Ein leises Stöhnen kam aus der Tiefe ihres Halses. Der Klang war so rau und unverfälscht, dass er nur in eine Richtung interpretiert werden konnte. Sie küsste mich nicht nur, sie genoss es auch?

Jetzt war ich diejenige, die den Kuss unterbrach und keuchte. Was machten wir gerade? Nun, ich wusste, was ich tat - Ich wollte all meine Hoffnungen, Träume und Fantasien der letzten vier Jahre wahr werden lassen. Aber was war mit ihr?

Ich vermutete, dass sie in die gleiche Richtung dachte, denn sie leckte ihre Lippen und ihre Augen fanden meine im schwachen Licht. "Bree, was... Wir... Wir..." Sie zog sich zurück und sah mich verzweifelt an, als ob sie ihre Antworten in meinem Gesicht finden könnte.

"Das, was du geschrieben hast", sagte ich. "Und als du sagtest, dass du mich liebst...." Ich sprach völlig zusammenhanglos, aber es ging mir ein wenig besser als ihr.

Sie schien mich sowieso zu verstehen. "Das tue ich", sagte sie und nickte leidenschaftlich.

"Als Freundin?"

Sie atmete tief durch. "Vielleicht ein bisschen mehr als das." Eine Pause. "Vielleicht noch viel mehr."

Meine Kehle schloss sich und ich drehte meinen Kopf zur Seite. Ich war zu sehr von Gefühlen überwältigt, um zu sprechen.

"Ich - ich verstehe, wenn das die Dinge ruiniert", sagte sie zittrig. "Ich weiß nicht, ob du das tun willst, weil du weißt..."

Stirnrunzelnd sah ich sie scharf an. "Weil ich was weiß? Und was genau tun wir gerade?"

"Ich meine, ich weiß nicht, ob du... Sex mit mir haben willst", sagte sie in einem Atemzug, "wenn du weißt, dass ich Gefühle für dich habe."

Heilige Scheiße. Es dauerte einen Moment, bis ich den zweiten Teil ihres Satzes verarbeitet hatte, denn ich war an dem Teil hängengeblieben, in dem es darum ging, dass wir Sex haben wollten. So wie sie es gesagt hatte, klang es so, als könnte das heute Abend passieren. In ein paar Minuten. Jetzt. Die Idee ließ mich verrückt fantasieren, sodass ich nicht auf das reagierte, was sie gesagt hatte.

"Ich denke, wir müssen reden", sagte sie und küsste mich am Hals. Ihre Zähne gruben sich leicht in meine Haut und mein Körper reagierte mit einem Rundumschlag. "Wir müssen..." Noch ein Knabbern. "Ein sehr... ernsthaftes... Gespräch."

"Okay." Ich konnte nicht mehr klar denken, wenn sie das tat. Meine Brustwarzen waren steif und sie verhärteten sich noch mehr, als ihre Handfläche über sie streichelte. "Willst du... dieses Gespräch jetzt führen...?" Meine Worte wurden von Keuchen unterbrochen.

"Bald." Sie schob eine Hand unter mein dünnes Tank-Top und dann umfasste ihre Hand meine Brust.

Mein Atem blieb in meiner Kehle hängen und ich rollte auf meinen Rücken, während mein Herz schlug. Mein Kern pochte wie wild und aufgrund der intensiven Art und Weise, wie Viv mich ansah, hatte ich das Gefühl, dass sie etwas dagegen tun würde.

"Du bist wunderschön, Bree." Sie schob mein Tank-Top erst hoch und zog es dann über meinen Kopf. "So verdammt sexy."

Alles, was ich tun konnte, war, im Gegenzug zu stöhnen. Ich war alles andere als schön, wenn ich neben ihr war. Ehrlich gesagt, war mein Glück mit Frauen auf meinen Charme zurückzuführen, nicht auf mein Aussehen. Aber wenn sie mich wollte, würde ich kein Wort sagen.

Ich murmelte "Ich brauche dich", und als sie das nicht schnell genug weitermachen ließ, zerrte ich ihre Hand an den Bund meiner Shorts.

Sie brummte zustimmend, als sie ihre Finger nach unten schob. Auch wenn es nur eine Sekunde gedauert haben musste, fühlte es sich wie eine Ewigkeit an, bevor sie meine Schamlippen trennte und meine Lustperle fand. Meine Beine bebten und ich holte tief Luft. Die langsamen, zaghaften Bewegungen ihrer Finger waren irgendwie erotischer als alles andere, was ich je erlebt hatte.

"Du kannst es ruhig etwas härter tun", stieß ich nach einem Moment aus. "Ich sage dir, wenn es zu viel ist. Und du..." Als ich nicht in der Lage war zu sagen, was ich laut sagen wollte, zog ich ihren Kopf sanft zu meiner Brust.

Sie nahm das als Zeichen und nahm meine Brustwarze mit dem Mund auf. Meine Hüften ruckten und mein Kopf drehte sich. Das konnte nicht wirklich passieren - hier mit Viv auf ihrer Ausziehcouch, ihrem Mund auf meiner Brust und meinen Fingern in ihrem Haar. Ich hätte es glauben können, wenn es buchstäblich jedes andere Mädchen gewesen wäre, aber es war Viv, und wie konnte das möglich sein?

Sie bewegte ihre Hand leicht nach unten und schob ihren Finger an meinen Eingang. "Willst du, dass ich..."

"Ja. Gott, ja." Meine Hüften erhoben sich, um ihrer Hand entgegenzukommen, und dann war sie in mir - das einzige

Mädchen, das ich immer wollte und von dem ich dachte, dass ich es nie hätte tun können. "Verdammt, Viv. Verdammt."

Ich griff nach ihr und wollte sie unbedingt berühren. Ich fand ihren Kiefer, ihre Schulter - ich hatte das dringende Bedürfnis, ihren ganzen Körper zu erforschen, aber ich glaubte trotzdem nicht ganz, dass ich das Recht dazu hatte.

Da sie die Kontrolle übernahm, ließ ich sie tun, was sie wollte. Bald hatte ich die Chance, sie zu berühren, sie zu befriedigen.

"Wir sollten die wahrscheinlich einfach... ausziehen..." Sie zog meine Shorts herunter und ich hob meine Hüften an, damit sie sie herunterstreifen konnte. Dann steckte sie ihre Finger wieder in mich hinein und - Gott sei Dank - rutschte sie zwischen meine Beine.

Nur in meinen wildesten Träumen dachte ich, dass das passieren würde. Ich hatte mich mit vielen anderen Mädchen getroffen, aber Viv war auf einer anderen Ebene. Und das war so viel mehr als gewöhnlicher Sex.

Ihre Zunge stieß gegen meine schmerzende Knospe und ich verlor mich völlig. Viv, Viv, Viv... Meine Finger griffen durch ihr Haar und ich hielt sie fest an mich, als mich der Höhepunkt erfasste und meine ganze Welt zum Drehen brachte.

Als mein Verstand wieder zu arbeiten begann, leckte sie mich immer noch - nur langsamer. Sie blickte auf und ich schätzte, dass sie nur überprüfte, ob ich weitermachen konnte - aber als sich unsere Augen trafen, ging ein Krampf durch mich hindurch und ich brach auf der Matratze zusammen, als ein weiterer Orgasmus über mich kam.

Ich verlor die Übersicht, wie oft ich gekommen war. Ich wusste nur, dass ihre Zunge gegen mich stieß, ihre Finger bewegten sich in mir.

Dennoch hatte ich vor, sie zu befriedigen und nachdem sie jeden möglichen Tropfen Vergnügen aus mir herausgewrungen hatte, schaffte ich es endlich, dass sie an der Reihe war. In einer verschwommenen, zufriedenen Glückseligkeit hatte ich die Möglichkeit, ihren Körper zu erkunden... und das war genauso magisch wie das, was sie mit mir gemacht hatte.

Danach lagen wir uns in den Armen. Ich vermutete, dass es fünf oder sechs Uhr morgens sein musste, aber ich war nicht im Geringsten müde. Im Gegenteil - sie zu erregen, hatte mich angetörnt und ich fragte mich, ob es zu verrückt war, sie um mehr zu bitten.

Aber sie schien etwas anderes im Sinn zu haben. "Wir sollten jetzt wahrscheinlich reden", sagte sie.

"Ahh... Ich erinnere mich vage daran, dass du so etwas gesagt hast." Ich kuschelte mich an ihre Brust. "Können wir nicht später reden? Ich bin gerade zu glücklich."

"Ich denke, jetzt ist es gut." Da war ein ernster Ton in ihrer Stimme, der mich beunruhigte. "Ich weiß nicht, was das ist oder wo wir stehen. Ich habe dir schon mal gesagt, wie ich mich fühle. Ich weiß, es muss ein Schock sein - deshalb habe ich es dir nie zuvor gesagt. Ich weiß, dass du keine Beziehungen oder so willst, also muss ich dir direkt sagen, dass ich nicht deine Sexfreundin sein will. So erstaunlich das auch gerade war, ich kann nicht mehr mit dir schlafen, wenn du keine Gefühle für mich hast."

"Aber ich habe Gefühle für dich", sagte ich. "So viele Gefühle."

"Welche Gefühle?" Sie klang zweifelhaft.

"Liebesgefühle!" Ich setzte mich auf und packte ihre Hände, starrte ihr direkt in ihre wunderschönen Augen. "Viv, ich habe keine Beziehungen, weil ich seit vier Jahren in ein Mädchen verliebt bin. Ich liebe dich verdammt nochmal."

Sie blinzelte mich an und ich kannte sie gut genug, um die Emotionen zu sehen, die auf ihrem Gesicht wechselten - von Verwirrung über Zweifel bis hin zu Akzeptanz und schließlich Freude.

"Du dachtest, wir würden einfach nur miteinander schlafen?", fragte ich. "Du dachtest, du wärst eine weitere Eroberung?"

Schüchtern nickte sie. "Es fühlte sich nicht so an, aber du hattest es mir nicht gesagt..."

"Du hast Recht", sagte ich und fuhr mit meinem Finger zwischen ihre Brüste. "Wir fangen besser noch einmal von vorne an, damit du weißt, wie du dich diesmal zu fühlen hast."

★

KAPITEL VIERUNDZWANZIG

VIVIAN

Das Seltsame am Zusammensein mit Sabrina war, dass sich nichts geändert hatte. Es fühlte sich an, als hätte ein Erdbeben auf dem gesamten Planeten gewütet. Aber als ich nach draußen ging, hatte der Boden nicht gezittert oder war nicht aufgerissen. Die Sonne schien noch immer am Himmel und der Wind wehte durch die Bäume.

Die Menschen um uns herum zogen durch ihren Alltag, als ob überhaupt nichts geschehen wäre. Der Barista im Café hatte keine Ahnung von der riesigen Sache, die gerade passiert war. Der Fußgänger an der Straßenecke eilte an mir vorbei, ohne die weltbewegenden Ereignisse der vergangenen Woche zu kennen.

Ich musste noch arbeiten, aber das fühlte sich jetzt anders an, da ich Hals über Kopf in meine beste Freundin verliebt war. Die Teilnahme an Hochzeiten war immer nur ein weiterer Teil des Jobs gewesen. Jetzt stand ich auf der Rückseite der Kirche und blinzelte Tränen weg, als das heutige Paar sein Gelübde tauschte.

Der erste Kuss war noch romantischer. Sowohl Lisa als auch Ed sahen bezaubernd schüchtern aus, als sie sich aneinander lehnten. Der Kuss war kurz, aber seine Hand verweilte auf ihrer Schulter und beide hatten ein riesiges Grinsen im Gesicht.

Die Trauung ging zu Ende und ich trocknete schnell meine Augen. Glücklicherweise hatte ich wasserdichte Wimperntusche benutzt. Ich lächelte das Paar an, als sie auf mich zukamen. "Vielen Dank", sagte die neue Braut. "Alles lief so reibungslos. Es wäre nicht dasselbe gewesen ohne dich."

"Das liegt auch an den fantastischen Entscheidungen, die du getroffen hast", sagte ich. "Ich muss zugeben, ich war mir nicht sicher, was den Rosmarin in den Blumenarrangements betrifft, aber es war eine schöne Ergänzung. Das werde ich mir für meine anderen Kunden merken."

"Perfekt", sagte Lisa und hielt ihren Blumenstrauß an ihre Brust.

Sie blickte ihren neuen Mann auf eine Art und Weise an, die mich sicher machte, dass sie kein Wort gehört hatte, das ich gerade gesagt hatte. Ich hätte es ihr nicht vorwerfen können, dass sie unser Gespräch beendete. Es war ihr besonderer Tag, das Ganze hatten wir ein Jahr lang geplant und sie war von zweihundertfünfzig ihrer Lieben umgeben.

Aber dann wandte sie sich an mich zurück. "Ich habe deinen Blog gesehen", sagte sie flüsternd. "Glaubst du, du wirst deine Freundin bald heiraten?"

Die Hitze stieg in meine Wangen. Lisa hatte den Blog noch nie zuvor erwähnt, obwohl immer mehr meiner anderen Kunden es taten. Und während einige der anderen meine "Beziehung" kommentiert hatten, hatte niemand so direkt danach gefragt.

"Es tut mir leid", sagte sie sofort. "Das ist zu persönlich."

"Überhaupt nicht. Ich habe aber keine gute Antwort für dich." Ich wählte meine Worte sorgfältig aus. "Wir wollen noch ein wenig zusammen sein, bevor wir darüber reden."

Sie hob den Saum ihres Kleides an und hakte sich im Arm ihres Bräutigams ein. "Es ist vier Jahre her! Du gehst es wirklich langsam an."

Ich lachte vor mich hin, als sie wegging. Wenn sie nur wüsste! Wir hatten vier Jahre gebraucht, um ein erstes Date zu haben. Ich bezweifelte, dass wir bald heiraten würden.

Das ging mir zu weit. Viel zu weit. Wir waren erst seit ein paar Tagen zusammen! Obwohl, jetzt, wo ich darüber nachdachte... wie wir die Dinge ziemlich schnell angegangen waren, seit wir uns zum ersten Mal geküsst hatten. Das Zusammenleben - zusammen abhängen, kochen und essen - gab Bree das Gefühl, viel mehr zu sein als eine neue Freundin.

Vielleicht würden wir also eines Tages heiraten - ein Gedanke, der mir den Atem stocken ließ. Wie würde unsere Hochzeit aussehen? Ich hatte so viele geplant, dachte aber selten an meine eigene. Ich hatte immer gedacht, dass ich meine Partnerin die Ausführung übernehmen lassen würde.

Sabrina würde die Dinge definitiv einfach halten wollen. Sie würde jeden einladen, den sie je getroffen hatte, einschließlich ihrer Cousins sechstes Grades und ihrer Lehrerin aus der vierten Klasse. Aber in Bezug auf die Dekoration und den Veranstaltungsort wäre sie für schlicht zu haben.

Vielleicht würden wir in einem Nationalpark heiraten, ein Buffet mit all unseren Lieblingsgerichten haben, eine offene Bar natürlich... Ich bemerkte, dass alle aus der Kirche gingen.

Mein Brainstorming, ob Bree und ich heiraten würden, hatte mich die Zeit vergessen lassen. Als ob wir beide tatsächlich heiraten würden.

Ich ging hinaus in die strahlende Sonne und ging zur U-Bahn. Wer hätte das gedacht? Vielleicht würden wir irgendwann die Ringe tauschen. Sie schien es ernst mit unserer Beziehung zu meinen. Sie hatte nicht gezögert, es unseren Freundinnen zu sagen, dass wir wirklich zusammen sind. Ich hatte sogar mitgehört, wie sie mit ihrer Mutter telefonierte. Sie war völlig offen zu ihr und die Aufregung in ihrer Stimme machte mich schwindelig vor Freude.

Ich hätte nie gedacht, dass sie es mit einer Freundin so ernst meinte und dann die Tatsache, dass diese Freundin ich war...

Ich war einfach verdammt glücklich.

★

KAPITEL FÜNFUNDZWANZIG

SABRINA

Die Tage vergingen in einem verschwommenen Gefühl der Glückseligkeit. Vivian machte mich glücklicher, als ich es je für möglich gehalten hatte und ich ließ sie das in jedem möglichen Moment wissen.

Ich ging immer noch zur Arbeit, aber nur, weil sie sagte, dass ich es muss. Ich wäre mehr als bereit gewesen, mich krankzumelden und meine Tage so zu verbringen, wie ich jetzt meine Nächte verbracht hatte: in ihren Armen.

Aber ich hatte noch nie zuvor diesen unbändigen Drang verspürt, mit jemandem zusammen zu sein. Bei meinen kurzfristigen Affären und sogar meiner High School-Freundin musste ich dringend meine Unabhängigkeit bewahren. Sie wollten mehr von mir, als ich ihnen geben konnte und am Ende zog ich mich immer zurück, während ich sie schweigend als anhänglich bezeichnete.

Jetzt war ich diejenige, die besser haftete als Frischhaltefolie. Ich konnte nicht genug von Vivian bekommen. Ich beschwerte mich, wenn sie für fünf Minuten aus dem Bett steigen wollte. Mehr als einmal war ich ihr unter die Dusche gefolgt - auch weil ich sie ganz nass und nackt sehen wollte.

Das Schlimmste war, sie jeden Tag für volle neun Stunden zu verlassen. Sie musste mich so ziemlich aus der Tür schieben und dann belästigte ich sie mit ständigen Textnachrichten, bis ich wieder zu ihr nach Hause kommen konnte.

Heute Abend lag ich gemütlich auf der Couch, eine Decke über mir und Lady zu meinen Füßen. Viv war in der Küche, was für mich zu weit weg war, aber sie war nur da drüben, damit sie mir Popcorn machen konnte. Ich konnte es bereits riechen und mein Herz schwoll an, als ich hörte, wie sie die Mikrowelle öffnete und die Tüte aufriss.

Sie kam eine Minute später mit dem Popcorn zurück und sah in ihrem Top und ihrer Jogginghose wunderschön aus. Ihr Lächeln machte mich schwach. Sie war die lebendige Verkörperung von allem, wovon ich je geträumt hatte.

Ich hätte diejenige sein sollen, die ihr diente. Sie war zu freundlich, zu süß. Zu perfekt insgesamt. Wie konnte ich jemals das Glück haben, eine Frau wie sie zu finden?

"Was ist los?", fragte sie und ich erkannte, dass meine Lippe zitterte.

Ich setzte mich auf, zog die Decke hoch und gestikulierte in ihre Richtung, damit sie herkam. Ich lehnte mich in sie hinein, hielt sie fest und verlor eine unerwartete Träne. "Ich kann einfach nicht glauben, wie glücklich ich bin."

"Das sind Tränen des Glücks?"

"Ja. Nein. Nein. So in etwa." Ich atmete tief durch. "Mit dir zusammen zu sein, fühlt sich so normal und natürlich an, und dann erinnere ich mich, wie viel Zeit ich damit verbracht habe, dich anzuschmachten. Manchmal glaube ich nicht, dass du es überhaupt verstehst."

"Natürlich kann ich das", sagte sie leise. "Ich habe mich auch nach dir gesehnt."

Wir hatten geplant, einen Film zu sehen, was mir nicht mehr gefallen würde. Ich senkte die Lautstärke am Fernseher, bis er fast stumm war. "Aber nicht von Anfang an", sagte ich. "Du dachtest, ich wäre ein süßes Kind. Das hast du mir gesagt."

"Du warst ein süßes Kind."

"Ich wusste von dem Moment an, als ich dich sah, dass du etwas an dir hast... und es wurde immer mehr." Ich biss mir auf die Lippe und erinnerte mich. "Zuerst dachte ich, dass du mich vielleicht auch mögen würdest. So viele andere Mädchen mochten mich, also warum nicht auch du? Ich dachte, wenn es der richtige Moment wäre, würden Dinge zwischen uns passieren."

"Wie damals, als du mich zum Tanzen gebeten hast?", fragte sie und klang schuldig.

"Ja. Es war das Ende des Jahres, also hätte die ehrenamtliche Arbeit keine große Sache mehr sein sollen. Dann, nach der Art und Weise, wie du mich abgelehnt hast, dachte ich, wir würden nicht einmal in Kontakt bleiben."

"Ich hätte nicht gedacht, dass es dir ernst ist", sagte sie und ihre Stimme fasste sich. "Du hast mit allen geflirtet."

Ich seufzte. Sie hatte Recht - ich hätte nicht erwarten sollen, dass sie eine Gedankenleserin war. "Ich war so glücklich, als wir anfingen, E-Mails zu schreiben, aber es schien immer noch nicht so, als wärest du interessiert. Dann das erste Mal, als du vorgeschlagen hast, dich zu treffen, als ich in der Stadt war...."

Ich schluchzte ein wenig. Der Klang erschreckte Lady, die sich auf ihre kleinen Beinen stellte und mir einen besorgten Blick zuwarf. Ich griff nach unten, um ihren Kopf zu streicheln. Das Streicheln beruhigte uns beide und sie drehte um und legte sich wieder auf ihren Platz.

"Ich habe es nur auf freundliche Weise gemeint", sagte Viv leise. "Ich dachte, du wärst schön und hinreißend, aber ich hatte keine Ahnung, dass du aufhören wolltest, dich zu verabreden, wie du es getan hast."

Ich nickte langsam. "Ich schätze, ich habe es dir nicht gesagt. Und es wurde für eine Weile einfacher... besonders, wenn wir nur E-Mails schrieben. Die Besuche waren immer hart." Ich musste mich dazu zwingen, sie nicht zu lange anzustarren oder auszuflippen, wenn sie über ein Date sprach. "Dann hast du Kerry getroffen..."

"Ah... Kerry." Viv grinste und nahm eine Handvoll des jetzt kühlen Popcorns. "Ich hätte nie gedacht, dass du eifersüchtig sein könntest. Ihr beide schient miteinander auszukommen."

"Sicher, um deinetwillen. Ich hasste jeden Moment, in dem ich in ihrer Nähe war."

"Anscheinend habe ich eine Menge vergessen... Weinst du immer noch?" Sie legte ihren Arm um mich.

Eine Träne war gekommen und ich wischte sie schnell weg. Ich hasste es, wie emotional ich wurde, aber ich konnte nicht anders, wenn ich vier Jahre lang angestaute Gefühle losließ. "Ich wäre glücklich gewesen, wenn du mit ihr glücklich gewesen wärst", sagte ich. "Ich vermutete jedoch, dass sie etwas verheimlichte. Ich habe mich so lange geärgert, weil ich nichts gesagt habe."

"Du konntest es nicht wissen", sagte sie und hielt inne. "Als du mich nach der Trennung besucht hast, warst du..."

"Nein!" Ich packte ihr Knie und war entsetzt, dass sie das jemals denken würde. "Ich hätte sowieso nicht deine Ablenkung sein wollen. Ich wollte sichergehen, dass es dir gut geht, und das war alles. Du dachtest, ich würde kommen, um dich klarzumachen?"

"Nein, ich dachte, das war eine süße, selbstlose Geste."

Ich schnappte mir etwas Popcorn. "Ich meine, es wäre nicht schlimm gewesen, wenn du es versucht hättest, aber das war nicht der Plan."

Sie lachte und Lady stand auf und schüttelte sich, bevor sie wegging.

"Als du mich eingeladen hast, hier zu bleiben, dachte ich, das könnte es endlich sein", sagte ich. "Es war eine zu großzügige Geste für eine Freundin. Und dann vergingen ein paar Wochen und ich erkannte, dass du genau das bist, was du bist."

"Es könnte ein wenig Eigeninteresse an dieser Einladung gegeben haben", sagte sie. "Nicht, dass ich erwartet hätte, dass etwas passieren würde, aber ich habe mich definitiv darauf gefreut, dich die ganze Zeit zu sehen."

"Dann habe ich diese dumme Sache im Tierheim gemacht", sagte ich. "Ich schätze, ich habe nur so getan, als wäre meine große Fantasie tatsächlich wahr geworden. Und es wurde völlig klar, dass du dich nie für mich interessieren würdest."

"Außer, dass du dich geirrt hast", murmelte sie.

Ich nickte, dann schüttelte ich den Kopf. "Das ist es ja gerade. Deshalb bin ich so emotional. Gerade als meine Hoffnungen aussichtslos schienen, wurden sie wahr."

Sie küsste mich lang und anhaltend. "Und sie werden auch weiterhin wahr sein." Sie strich durch mein Haar und lächelte mir in die Augen. "Und ich verstehe endlich, warum du vorgibst, meine Freundin zu sein."

★

KAPITEL SECHSUNDZWANZIG

VIVIAN

Zwei Wochen nach meinem ersten Kuss mit Sabrina lag es nahe, ein Update für den Blog zu schreiben. Die Kommentare forderten einen neuen Beitrag. Ich hätte nicht gedacht, dass es jemanden interessieren würde, aber es schien, als wären die Menschen mehr an unserem Leben interessiert, als ich vermutet hatte.

Jeden Tag wachte ich mit einer neuen Nachricht auf, die fragte, wo wir waren und was Lady tat. Und jeden Tag fühlte ich mich für etwa eine Sekunde lang schuldig, bevor ich mich der Anziehungskraft von Sabrinas Armen ergab.

Die Sache war die: Ich wusste nicht, was ich schreiben sollte. Ich konnte mir nicht vorstellen, einen Beitrag zu schreiben, ohne auf die plötzliche Veränderung in unserer Beziehung hinzuweisen. Die Leser interessierten sich für uns als Paar und es hätte sich zu seltsam angefühlt, unser Glück vor ihnen zu verbergen. Aus ihrer Sicht waren wir aber schon immer zusammen. Wie konnte ich die bedeutsame Art und Weise ausdrücken, wie sich die Dinge zwischen uns verändert hatten?

Während Bree auf der Arbeit war, nahm ich Lady mit zu einem ihrer Millionen Spaziergänge. Sie musste nicht mehr jede Stunde rausgehen. Trotzdem fühlte es sich an, als würde ich ständig mit ihr spazieren gehen, was die Hälfte meines Tages in Anspruch nahm.

"Was denkst du, was ich schreiben soll, Kleine?", fragte ich, als sie den Bürgersteig entlangtrabte. "Soll ich etwas darüber schreiben, dass es zwischen mir und Bree ernster geworden ist?"

Lady sah mich mit ihrem süßen Hundelächeln an. Ich nahm das als Nein. Ich wollte nicht, dass es so klang, sodass die Leute sich fragten, wann wir unsere Verlobung bekannt gaben. Jetzt wünschte ich mir, wir hätten nicht gesagt, dass wir schon seit vier Jahren zusammen waren. Als wir uns dazu entschieden, uns tatsächlich zu verloben, war unsere vorgetäuschte Beziehung bereits fünf oder sechs Jahre alt.

"Denke ich wirklich darüber nach, mich in ein oder zwei Jahren mit Bree zu verloben?", fragte ich Lady.

Obwohl ihre Augen halb von all ihrem Fell bedeckt waren, hätte ich schwören können, dass sie mir einen Blick zuwarf. Die Antwort war ein klares Ja.

Alles lief einfach so unglaublich. Ich hatte noch nie eine Beziehung gehabt, in der die Dinge so einfach waren. Unser Leben passte perfekt zusammen und alles an uns war kompatibel. Ganz zu schweigen davon, dass der Sex heiß genug war, um die Laken zum Brennen zu bringen - oder sie zumindest mit Schweiß zu tränken - sieben Nächte in der Woche.

Die Tatsache, dass wir bereits zusammenlebten, war seltsam und doch gleichzeitig auch fantastisch. Das Arrangement war nie als dauerhafte Sache ausgelegt, aber jetzt konnte ich mir nicht vorstellen, die Dinge zu ändern. Sie schlief in meinem Zimmer, sodass die Unbequemlichkeit des Rollbettes kein Thema mehr war, und sie hatte von selbst angeboten, einen angemessenen Teil der Miete zu zahlen.

Lady stand auf, trottete weiter und zerrte an der Leine so fest sie konnte - was nicht viel war. Sie war stark gewachsen, seit Bree sie adoptiert hatte, aber sie besaß immer noch nur die Länge einer Wassermelone und etwa die Hälfte des Gewichts.

"Ich schätze, ich sollte etwas über dich schreiben", sagte ich zu Lady, als ich sie anhielt. "Der Blog sollte sich doch um dich drehen. Willst du etwas Süßes machen, damit ich ein Foto machen kann?"

Sie gab ein sanftes Bellen von sich und ging weiter, um sich für ihr Geschäft niederzuhocken.

"Danke für deine Hilfe, Hündchen." Ich wartete und räumte dann auf, was sie mir hinterlassen hatte. "Sicher, dass du keine Pose machen willst?" Ich zog mein Handy heraus und machte ein paar Schnappschüsse. Sie tat nichts Besonderes, aber nach zwei Wochen ohne Beitrag sollten meine Blog-Leser mit allem von ihr zufrieden sein.

Wir fuhren nach Hause, wo ich einen Blick auf meine To-Do-Liste warf und seufzte. Zehn Telefonate mit glutenfreien Bäckereien führen? Sechs potenzielle Veranstaltungsorte per E-Mail zu ihrer Verfügbarkeit im August anfragen? Oder einen süßen Beitrag über den Spaziergang schreiben, den Lady und ich gerade gemacht hatten? Die Antwort war offensichtlich. Die anderen Sachen konnten warten.

Arf! Arf! Tut mir leid, dass ich euch in letzter Zeit nicht über mein Leben informiert habe! Ich war gerade damit beschäftigt, den ganzen Tag zu essen und zu schlafen sowie auf allem zu kauen, was in Sichtweite ist. Lecker!

Manchmal frage ich mich, ob ich Mami Viv mit meinem Gejammer und Betteln ärgere. Sie ist aber immer so geduldig mit mir und sie schreit mich nie an. Sie sagt, dass ich auch in meinem Training sooo viele Fortschritte mache.

Ich bin wirklich frustriert, weil ich immer noch Fehler mache, besonders beim Töpfchentraining - hoppla! Aber Mami Viv sagt, dass ich irgendwann den Überblick behalten werde.

Hier sind ein paar Bilder von meinem heutigen Spaziergang. Du kannst sehen, wie sehr ich die Sonne und den frischen Wind genossen habe! Mein Schwanz sieht verschwommen aus, weil ich so sehr damit gewackelt habe! Ich hoffe, dein Tag wird so großartig sein wie meiner!

Ich drückte "Veröffentlichen" und stand auf, um ein Glas Wasser zu holen. Lady saß bereits wieder an der Tür, ihre Zunge hing heraus und sie keuchte aufgeregt.

"Wir sind buchstäblich gerade erst zurückgekommen!", sagte ich zu ihr. "Wie kannst du so begierig darauf sein, wieder rauszugehen?"

Ich dachte wieder an meinen Berg von Arbeit. Wenn ich Lady wieder ausführen würde, würde der Berg nur wachsen... aber zumindest könnte ich ihn für ein paar Minuten vergessen.

Anscheinend war ich für diesen Welpen immer noch so ein Trottel wie am ersten Tag, an dem wir uns getroffen haben. Ich konnte immer noch nicht Nein zu diesem pelzigen Gesicht sagen.

"In Ordnung." Ich packte ihre Leine und hakte sie an ihrem Halsband ein. "Lass uns gehen."

KAPITEL SIEBENUNDZWANZIG

SABRINA

"Müssen wir wirklich gehen?" Ich stöhnte und legte mich über Viv, damit sie nicht aus dem Bett steigen konnte. "Können wir nicht einfach hier bleiben?"

Sie gab mir einen sanften Stoß, der mich so weit wegdrückte, dass sie sich aus meinem Griff befreien konnte. "Ich kann nicht glauben, dass du dich beschwerst, mit unseren Freundinnen rumzuhängen. Es soll Spaß machen, weißt du."

"Nicht so viel Spaß, wie hier bei dir und Lady zu bleiben." Ich jammerte und es war mir egal.

"Es wird noch andere Leute geben, mit denen man reden kann", sagte sie in einem neckenden Ton. "Lustige Leute... Leute, die du magst..."

"Ich mag niemanden so sehr wie dich." Ich rollte auf meinen Rücken und starrte ihren nackten Körper an. "Außerdem wird es keine Brüste geben."

Sie zog einen BH an und befestigte ihn. "Sie werden da sein. Du kannst immer noch an sie denken."

"Aber wenn wir hier bleiben, kann ich sie sehen." Ich zerrte das Laken über meine Brust. "Und du auch."

Ihre Augen weiteten sich und sie biss sich auf die Lippe. Sie sabberte praktisch und ich fragte mich, wie ich jemals gedacht hatte, dass sie sich nicht zu mir hingezogen fühlte. "Es wird Alkohol geben", sagte sie schwach und wandte sich ab, als ob das ihr helfen würde, mir zu widerstehen. "Essen..."

"Oh, nun! Das macht den Unterschied." Ich sprang aus dem Bett und packte ihre Hände, dann legte ich sie auf meine Brust. Meine Brustwarzen verhärteten sich unter ihren Handflächen und sie ließ einen Seufzer los, als sie ihre Hände wegnahm.

"Wir müssen gehen", sagte sie. "Wir haben in den letzten drei Wochen so viele Events verpasst. Wir können nicht einfach für immer verschwinden, um für den Rest der Ewigkeit nonstop Sex zu haben."

"Bist du sicher?"

Ich konnte mir keinen besseren Weg vorstellen, den Rest meines Lebens zu verbringen. Unsere sexuelle Verbindung war wie nichts, was ich je zuvor erlebt hatte. Dabei hatte ich viel Sex mit vielen Frauen gehabt. Ich hatte mich immer für leicht zu befriedigen gehalten. Jede mit einer halbwegs talentierten Zunge konnte mir einen Orgasmus bescheren. Viv hatte die Messlatte dauerhaft höher gelegt; nicht nur mit ihren Fähigkeiten, sondern auch mit der Art und Weise, wie ich mich fühlte, als wären unsere Seelen tatsächlich miteinander verbunden.

Obwohl es nicht wirklich wichtig war, dass sie die Messlatte höher gelegt hatte. Denn ich erwartete nicht, dass jemand anderes hinter ihr her war. Ich war seit vier verdammten Jahren an ihr dran. Meine Gefühle für sie hatten sich in dieser Zeit nicht verändert, so sehr ich auch versucht hatte, sie zu unterdrücken. Ich hatte keinen Grund zu glauben, dass sie sich in den nächsten sechzig oder siebzig Jahren ändern würden.

Ich wollte mit dieser Frau alt werden. Problemlos konnte ich uns mit achtzig Jahren in einem Pflegeheim sehen, Händchen haltend und an gemeinsamen Strickprojekten arbeitend - irgendwann würden wir mit dem Stricken beginnen. Wir würden uns mit piepsig-alten Frauenstimmen über den Fernsehsender streiten und gemeinsam darüber beraten, wie wir die Küche dazu bringen könnten, besseres Essen anzubieten.

Und hinter verschlossenen Türen würden wir uns immer noch gegenseitig das Gehirn rausficken. Nach so viel Zeit zusammen wären wir sehr, sehr gut darin.

"Ich schätze, wir können zu Hause bleiben, wenn du wirklich willst", sagte Viv.

Ich konnte die Schuldgefühle in ihrem Gesicht sehen. Sie hatte Recht. Niemand mochte Paare, die von der Bildfläche verschwanden, wenn sie zusammenkamen. Wenn wir das regelmäßig machen würden, würden Leute aufhören, uns einzuladen. Nicht, dass es mich besonders interessierte, solange ich sie hatte, aber... "Es ist okay. Du willst gehen, also sollten wir gehen."

Ich versuchte mein Bestes, um aufzuhören, mich wie eine Göre zu benehmen, als wir uns anzogen. Aber es war eine

Qual zu sehen, wie sie ihren schönen Körper bedeckte, ein Stück Kleidung nach dem anderen. Dann sah Lady ganz traurig aus, als wir zur Tür gingen. Ich wollte sie unbedingt mitnehmen, aber ich war mir ziemlich sicher, dass die Bar sie nicht hereinlassen würde.

"Nächstes Mal sollten wir unsere Freundinnen zu uns einladen", murmelte ich. "Dann müssen wir Lady nicht zurücklassen."

Die Bar war eine meiner Lieblingsbars und ich war schon ewig nicht mehr dort gewesen. Also besserte sich meine Stimmung, als wir sie betraten. Die Musik war fantastisch, aber wo war der Nervenkitzel, den ich normalerweise hatte, wenn ich all die hübschen Mädchen sah? Sie sahen so gut aus wie eh und je, also lag es vielleicht daran, dass ich keinen Schwips vom Vortrinken hatte?

Nein, die Antwort war offensichtlich. Ich war weniger aufgeregt, weil die Mädchen keine Rolle mehr spielten. Ich hatte bereits das hübscheste Mädchen hier im Arm und ich wollte auch mit ihr nach Hause gehen. Nichts hätte spannender sein können als das.

"Sie sind aus dem Versteck gekommen!", rief Georgia aus, als sie uns entdeckte. Sie schlang ihre Arme um uns beide und zog uns an einen Tisch. "Im Ernst, habt ihr beide euch so sehr ins Bett vergraben?"

"Lass sie in Ruhe", sagte Erin. "Sie sind gerade erst zusammengekommen. Da wir gerade davon sprechen, ich habe es dir gesagt." Sie zwinkerte Viv zu.

Ich machte mir in Gedanken eine Notiz, um Viv später danach zu fragen. "Wir sind ausnahmsweise einmal hier und wir sind gekommen, um eure Gesellschaft zu genießen, nicht, um uns darüber lustig zu machen. Also amüsiert euch, bevor wir uns entscheiden, in unsere Liebeshöhle zurückzukehren."

"Jesus", sagte Georgia und stellte einen Shot vor jede von uns. "Wie wäre es, wenn ihr beide die hier nehmt und euch entspannt?"

Ich rollte mit den Augen, aber ich nahm den Shot. Vielleicht war ich zu hart. Glücklicherweise schienen die anderen nicht geneigt, uns über unsere Beziehung auszufragen. Ich hatte Georgia bereits alles über Textnachrichten erzählt und ich wusste, dass Viv das Gleiche bei Erin und Jen getan hatte. Dennoch konnte ich spüren, wie sie uns etwas neugieriger als sonst ansahen, als ob sie herausfinden würden, was los war und ob wir beide glücklich waren.

Ich entspannte mich ein wenig, als wir über andere Dinge sprachen wie Xenons neuen Job und Kyles Zweifel, eine größere Wohnung zu bekommen. Der Alkohol wärmte mich - oder vielleicht war es auch Vivs Hand, die stets auf meinem Knie blieb. So oder so, ich war zufrieden, ruhig und lächelte vor mich hin.

Irgendwann verlagerte sich die Diskussion auf Haustiere und ich mischte mich ins Gespräch ein, um einen detaillierten Bericht über jede einzelne Sache zu geben, die Lady an diesem Tag getan hatte. "Das absolut Süßeste ist, wenn sie darauf wartet, dass einer von uns am Küchentisch sitzt, bevor sie isst", sagte ich. "Ihre Schüssel kann voller Essen sein und sie kann Hunger haben, aber sie muss jemanden in Gesellschaft haben oder sie wird überhaupt nicht essen."

"Das erinnert mich daran", sagte Georgia.

"Was war in letzter Zeit mit deinem Blog?"

"Was meinst du damit?", fragte Viv.

Ich hatte selbst keine Ahnung. Viv hatte mir in letzter Zeit keine Einträge gezeigt und mit den anderen Dingen, die mir durch den Kopf gingen - nämlich sie - hatte ich nicht daran gedacht zu fragen.

"Es ist anders", sagte Georgia. "Du veröffentlichst kaum noch etwas und wenn du das tust, konzentriert es sich immer auf Lady."

"Das ist die ganze Idee des Blogs", sagte Viv.

"Aber du hast immer mehr über euch beide geschrieben. Viele Leute mochten das. Jetzt erwähnst du Sabrina kaum noch."

"Wirklich?" Stirnrunzelnd holte ich mein Handy hervor und blätterte durch Vivs neueste Beiträge. Sie sprach nur von "Mommy Viv" und sagte nichts von "Mommy Bree".

"Es fühlt sich seltsam an", sagte sie. "Ich weiß nicht, wie ich über Bree reden soll, jetzt, wo wir tatsächlich zusammen sind."

"Du solltest es besser herausfinden", sagte ich. "Hast du die Kommentare gesehen? Ein paar Leute denken, dass wir Schluss gemacht haben."

"Das ist lächerlich." Sie packte mein Handy, um es zu überprüfen, und ein Stirnrunzeln kam über ihr Gesicht, als sie die seltsamen Kommentare las. "Wir machen ein Foto, wenn wir heute Abend nach Hause kommen. Das sollte sie beruhigen."

"Neugierige Wichser", murmelte ich.

Sie legte ihren Arm um mich. "Sie sind unsere Fans. Sie wollen sicher sein, dass wir glücklich sind."

"Was ihr seid", sagte Georgia und verdrehte dabei die Augen. "Widerwärtig glücklich."

Ich streckte ihr meine Zunge entgegen. "Und wir werden es auch weiterhin sein."

★

KAPITEL ACHTUNDZWANZIG

VIVIAN

Als Sabrina zur Arbeit ging, vibrierte mein Telefon. Eine Benachrichtigung kam. Und dann noch eine. Der Blog-Post, den ich gestern Abend veröffentlicht hatte, erhielt eine Menge Likes und Kommentare, und alle Reaktionen waren positiv.

Ich hatte die Gerüchte, dass wir uns getrennt haben, nicht direkt angesprochen. Stattdessen ließ ich die Bilder erzählen. Als wir von der Bar nach Hause kamen, hatten wir ein komplettes Fotoshooting in der Küche gemacht. Wir stellten Lady auf den Tisch, wo sie hinreißend verwirrt aussah.

Wir waren betrunken genug gewesen, um sie auf einen Teller zu setzen - Brees Idee, nicht meine - und die Plätze mit Besteck und Gläsern einzurichten. Eine offene Flasche Wein beendete die Szene und dann setzten wir uns hin und stellten den Selbstauslöser ein.

Die Bilder waren erstaunlich geworden. Ich war mir nicht einmal sicher, was wir auszudrücken versuchten - dass wir unseren Hund aßen? - aber sie waren verdammt süß. Auf einem Bild lehnte sich Sabrina über mich und berührte meinen Arm. Auf einem anderen war ich an ihrem Ohr, als ob ich ihr ein Geheimnis erzählen würde.

Wir waren durch diese Aufnahmen so erregt worden, dass wir sie für weitere "erwachsene" Aktivitäten beendeten. Unsere Begierde füreinander war auf den Bildern sehr deutlich zu erkennen, auch auf den unschuldigeren. Ich war mir sicher, dass jeder, der sich diese Bilder ansah, den Unterschied zu den vorherigen sehen würde.

Dennoch hatte ich einen Beitrag veröffentlicht, während sie unter der Dusche war. Jetzt betrachtete ich die Bilder noch einmal; mein Herzschlag beschleunigte sich, als ich mir jedes einzelne anschaute. Sie waren so viel liebevoller, inniger und romantischer als alle anderen, die wir gemacht hatten. Selbst im Vergleich zu denjenigen aus der Nacht, in der wir zusammen kamen, war der Unterschied sichtbar.

Ich schätzte, das waren die ersten Bilder, die wir als Paar gemacht hatten. Ich war zu sehr damit beschäftigt, ihre Freundin zu sein, um mir Sorgen zu machen, unsere ersten gemeinsamen Tage zu fotografieren. Verdammt, ich hätte es tun sollen. Ich wollte nichts von diesen magischen letzten Wochen vergessen.

Ich musste eines dieser Bilder ausdrucken und einrahmen. Vielleicht würde ich es Bree zu unserem einmonatigen Jubiläum schenken. Das war schon bald. War es kitschig, das zu feiern? Wir waren Erwachsene, keine Mittelstufenschüler - aber wir hatten beide schon so lange Gefühle füreinander. Sicherlich war dies Grund genug, die erste Feier unserer Beziehung anzusetzen.

Auf jeden Fall fügte ich den Druck des Fotos zu meiner To-Do-Liste hinzu. Es gab einen Copyshop am Ende meiner üblichen Route mit Lady. Zumindest wollte ich einen Ausdruck für mich selbst.

Aber zuerst musste ich etwas von dieser Arbeit bewältigen. Ich setzte mich an meinen Computer und schwor mir, mich wirklich zu konzentrieren. Wer hätte gedacht, dass Verlieben für eine Hochzeitsplanerin so geschäftsschädigend sein würde? Ich war seit dem ersten Mal, als Sabrina und ich uns geküsst hatten, benommen und meine To-Do-Liste spürte die Auswirkungen.

Ich strich die zehn Telefonate mit Bäckereien innerhalb einer Stunde von der Liste und nahm Lady auf einen Spaziergang. Als sie zögerte, nach Hause zurückzukehren, gab ich fast nach und wollte länger draußen bleiben. Ich überzeugte mich aber, es nicht zu tun. Ich musste bald wieder mit ihr raus, aber im Moment musste ich arbeiten.

"Wenn ich meinen Job nicht erledige, habe ich keine Möglichkeit, die Wohnung zu bezahlen, in der du wohnst", sagte ich ihr.

Sie schien sich keine Sorgen zu machen. Dennoch kam sie mit, als ich sie zurück zu meinem Wohnhaus führte. Ich kraulte ihren Kopf, beschränkte mich auf einen einzigen Krauler und setzte mich dann wieder vor meinen Computer. Es war Zeit für Arbeit.

Ich wollte nur einen kurzen Blick auf die Blog-Kommentare werfen. Ich war heute schon so produktiv gewesen und das würde nur eine Minute dauern. Der kleine Nervenkitzel, etwas Unerlaubtes zu tun, fuhr durch mich hindurch, als ich die Webseite öffnete.

Die meisten Kommentare besagten, dass wir eine schöne Familie waren oder so etwas in diese Richtung. Ich lächelte, als ich einen las, der fragte, wann Bree und ich weitere Haustiere - oder Babys - in den Haushalt aufnehmen würden. Nicht so schnell, das war sicher.

Am seltsamsten war jemand namens KThxBye, der sagte: "Sie täuschen es vor... Sie versuchen zu sehr, glücklich zu sein."

Vor ein paar Wochen hätte ich Angst gehabt, erwischt zu werden. Jetzt schüttelte ich nur noch den Kopf und lachte. Ich fragte mich, woher diese Person die Idee hatte. War das überhaupt ernst gemeint oder war das eine umständliche Art zu sagen, dass unser Glück zu schön war, um wahr zu sein?

Ich schloss die Registerkarte und öffnete mein Arbeits-E-Mail-Konto. Sabrina und ich waren zwar sehr glücklich, aber die Welt würde sich immer noch drehen.

Im Moment musste ich meine Gedanken an sie beiseitelegen und das Geld verdienen, das meine Rechnungen bezahlte.

★

KAPITEL NEUNUNDZWANZIG

SABRINA

"Sie haben unseren Blog gelesen?", fragte ich und hielt Vivs Hand fest, als wir unseren Wagen im Lebensmittelgeschäft nach vorne schoben. "Wirklich?"

Die grauhaarige Frau, die hinter uns in der Schlange stand, sah nicht aus wie die typische Leserin, die ich mir vorgestellt hatte. Sie musste mindestens achtzig sein, also fragte ich mich, wie computererfahren sie wohl sein konnte. In Anbetracht ihrer dicken Brille war ich überrascht, dass sie überhaupt lesen konnte.

"Ich lese jeden Beitrag", sagte sie. "Ich habe von euch in der Wochenzeitung in Brooklyn gelesen und ich liebte deinen Hund so sehr, dass meine Enkelin mir gezeigt hat, wie man deine Tagebucheinträge liest."

"Unsere Blog-Posts?", fragte Viv.

"Das ist richtig", sagte die Frau. "Deine Tagebucheinträge."

Viv postete nun schon seit einigen Monaten und wir wurden immer häufiger erkannt. Es war immer beunruhigend und eine Hälfte von mir wollte Viv bitten, das Ganze offline zu schalten. Es war jedoch großartig für ihr Geschäft. Außerdem hatte es indirekt dazu geführt, dass wir nun zusammen waren.

"Es ist immer toll, einen Fan zu treffen", sagte ich. "Und Lady wartet gerade draußen, wenn sie sie auch treffen möchten."

Die Frau keuchte und drückte ihre Hand gegen ihre Brust. Für eine Sekunde machte ich mir Sorgen, dass sie einen Herzinfarkt hatte, bis mir klar wurde, dass sie einfach glücklich war. Wie konnte so ein kleines Ding jemanden so in Aufregung versetzen?

Vielleicht hatte ich Lady bis zu einem gewissen Grad als zu selbstverständlich angesehen. Ich sah sie mit neuen Augen, als wir nach draußen gingen und ihre Leine von der Stange löste. Sie war, mit ihrem zerknautschten Gesicht und ihrem Stummelschwanz der bezauberndste Welpe der Welt - ganz zu schweigen von dem grauen flauschigen Fell!

"Wir müssen etwas Nettes für Lady tun", sagte ich, als wir in die U-Bahn gingen.

"Was zum Beispiel?", fragte Viv. "Wir machen die ganze Zeit nette Sachen für sie. Sie füttern, mit ihr spielen..."

"Das ist aber alles Alltag. Ich meine etwas Besonderes."

Keinem von uns fiel im Moment etwas ein, da wir Lady die ganze Zeit verwöhnten. Viv gefiel die Idee und wir diskutierten weiter, als wir mit der U-Bahn nach Hause fuhren.

"Sie hat jedes Spielzeug, das sie sich wünschen kann", sagte Viv. "Und wenn etwas Neues herauskommt, kauft es einer der Blog-Fans für sie."

Wir hatten eine Wunschliste für Lady aufgestellt und die Fans hatten ihr schnell alles dafür gekauft. Sie waren so großzügig, dass ich nicht einmal nach etwas Teurem fragen wollte, aus Angst, dass jemand es tatsächlich kaufen würde.

"Was ist mit Zeit?", fragte ich.

"Als ob wir keine Zeit mit ihr verbringen würden!" Viv nahm Lady auf, als wir an unserem Halt ankamen. Das Paar, das uns gegenübersaß, winkte mit den Fingern zum Abschied.

Als wir aus der U-Bahn kamen, blinzelten wir wegen des grellen Sonnenlichts. "Wir könnten sie an einen besonderen Ort bringen", sagte ich. "Oder etwas mit ihr..." Mein Handy klingelte. "Merke dir diesen Gedanken. Ich sollte da rangehen."

Die Anruferin war Janine aus dem Tierheim und sie hatte ein perfektes Timing gewählt. "Ich habe mich gefragt, ob ihr drei vielleicht daran interessiert seid, bei einer Wohltätigkeitsveranstaltung zu helfen", sagte sie fröhlich. "Ihr müsst nichts von der schweren Arbeit machen. Euch hier zu haben, würde nur bei der Publicity helfen, da ihr jetzt ziemlich berühmt seid."

"Wir sind nicht berühmt!", sagte ich. "Und es macht uns nichts aus, auch schwere Arbeit zu leisten. Was macht ihr?"

Anscheinend veranstaltete das Tierheim in ein paar Wochen eine große Adoptionsveranstaltung. Sie wollten eine große Werbeaktion machen, bevor das Wetter für Outdoor-Veranstaltungen zu kalt wurde.

Alle Hunde und Katzen sollten draußen herumtollen, damit die Leute sie sehen und sie begrüßen konnten. Es gab gegrillte Hot Dogs, einen Live-DJ und sogar eine Hüpfburg.

"Eine Hüpfburg?" Ich trat Viv, um sicherzugehen, dass sie mich gehört hatte. "Sie haben eine Hüpfburg!"

"Bree, ich denke, die wird für die Kinder sein."

Ansonsten war sie froh, der Teilnahme zuzustimmen. Und obwohl wir eine halbe Stunde lang darüber diskutierten, ob Erwachsene in die Hüpfburg gehen können oder nicht, war der wichtige Teil, dass wir helfen würden.

Auch diese Debatte endete im Schlafzimmer. Das war auch ziemlich wichtig.

★

KAPITEL DREISSIG

VIVIAN

Als wir uns auf die große Adoptionsveranstaltung vorbereiteten, postete ich immer öfter auf dem Blog und versuchte, das Tierheim und die Veranstaltung zu bewerben.

Ich war mir nicht sicher, wie viel das bringen würde, da ich nur eine begrenzte Zahl von Lesern hatte und nicht alle in Brooklyn wohnten. Aber wenn der Blog mir Kunden gebracht hatte, könnte er sicherlich einige Leute auch dazu bringen, mit süßen Welpen zu spielen.

Ich rief Sabrina, nachdem ich einen bestimmten Kommentar gesehen hatte. "Guck mal", sagte ich zu ihr. "Diese Dame sagt: In Ordnung, du hast mich überzeugt. Ich komme aus Newark, nur um die Haustiere zu sehen. Ich hoffe, ich habe die Chance, Lady zu treffen."

"Wow, du hast wirklich Einfluss auf die Menschen", sagte sie mit einem breiten Grinsen. "Du hast Einfluss."

"Du hast Einfluss", sagte ich.

"Oh, ja?"

"Du lässt mich taumeln."

Ich packte ihre Hände und tanzte mit ihr im Wohnzimmer herum und beendete es mit einem langen Kuss an der Tür. Lady lag auf der Couch und sah uns an. Ich könnte schwören, dass sie verlegen aussah. Sie war wirklich wie ein Teenager.

Ich wollte nicht zulassen, dass der Zynismus dieses Welpen meine gute Laune ruinierte. "Komm schon, Lady. Tanz mit uns." Ich packte ihre Vorderpfoten, ließ Sabrina ihren Oberkörper hochhalten und wir drehten uns weiter. Ladys Mund war offen und ihre Zunge fiel heraus. Erst war sie verlegen gewesen, aber als wir sie einbezogen, genoss sie es. Typisch.

Als ich sie absetzte, streckte ich mich auf der Couch aus und hob mein Telefon wieder an. "Es gibt noch einen weiteren Kommentar von dieser seltsamen Person..."

"Dieser KthxBye-Typ?"

"Was lässt dich denken, dass es ein Kerl ist?", fragte ich.

"Ich weiß nicht. Seltsame Menschen sind normalerweise welche."

"Abgesehen von dir selbst", neckte ich. "Wie auch immer, hör dir an, was er gesagt hat. Zu viele Beiträge über dieses Ereignis! Bezahlt dich das Obdachlosenheim, damit du sie bewirbst? Mache wieder deine normalen Beiträge, sonst verlierst du Follower."

"Total seltsam", sagte Bree und saß zu meinen Füßen. "Wir adoptierten Lady aus dem Tierheim. Offensichtlich interessieren wir uns dafür, was das Tierheim macht."

"Und wer ist er, dass er vorschreiben kann, worüber wir posten sollen? Wenn es ihm nicht gefällt, zwingt ihn niemand, es zu lesen."

"Das würde all seine bösen Kommentare erklären", sagte Bree. "Jemand hält ihm eine Waffe an den Kopf und zwingt ihn, den Blog zu lesen."

Ich lachte, aber ich war immer noch verärgert. Ich steckte viel Zeit und Energie in den Blog und all das, was diese KThxBye Person machte, war, meine ganze Arbeit in den Dreck zu ziehen.

Bree schien meine Gedanken zu lesen. "Willst du ihn einfach blockieren?", fragte sie und drückte meinen Oberschenkel. "Er könnte den Blog immer noch lesen, aber er könnte nicht mehr kommentieren."

"Das ist in Ordnung. Es stört mich nicht so sehr. Außerdem würde er einfach ein anderes Konto eröffnen." Ich legte mein Handy mit einem Seufzer nieder. "Ihn zu blockieren, wäre, als würde man zugeben, dass er mich verärgert."

"Vergiss ihn." Bree lenkte mich ab und kam mit ihrem Kopf näher, sodass ihr Atem meine Lippen erreichte. "Denk an mich."

Sie küsste mich intensiv und ich fand es einfach, genau das zu tun, was sie gesagt hatte.

Dennoch setzten sich die seltsamen Kommentare in den nächsten Wochen fort. Nach einem Kommentar, bei dem KThxBye eine unhöfliche Bemerkung darüber machte, dass wir öfter mit Lady spazieren gehen müssten, zog ich Konsequenzen und blockierte ihn. Ich sagte es Bree nicht einmal, denn ich wollte nicht, dass sie wusste, wie sehr mich die Unhöflichkeit dieses Kerls störte.

Der Umgang mit unangenehmen Menschen war ein Preis, den man zahlte, wenn man sein Leben öffentlich machte. Ich war es einfach nicht gewohnt, eine bekannte Persönlichkeit zu sein und ich genoss diesen Aspekt nicht wirklich.

"Was hältst du davon?", fragte ich Sabrina eines Nachts kurz vor der Adoptionsveranstaltung.

Sie nahm meinen Laptop und blätterte durch den Post, den ich geschrieben hatte. "Weißt du, wie du normalerweise schreibst? Als ob Lady zu viel Kaffee trinkt. Im Moment klingt es, als ob sie auf Speed ist."

Ich zuckte mit den Achseln und blickte zu Lady hinüber, die gerade durch die Küche rannte, um ihr Kauspielzeug zu jagen. "Das ist sie wahrscheinlich."

Sie keuchte übertrieben. "Wir müssen sie so schnell wie möglich in die Reha bringen. Zum Glück für sie, kenne ich einen tollen Ort. Er ist genau hier in dieser Wohnung."

"Und was beinhaltet die Behandlung?", fragte ich.

"Eine ganze Menge Kuscheln." Sie packte Lady und drückte ihr Gesicht in ihr flauschiges Fell.

"Das ist für alles die beste Lösung." Ich legte meine Arme um ihre Taille und zog sie auf meinen Schoß. "Ich hoffe, es macht dir nichts aus, wenn ich mich dieser Schmuseparty anschließe."

"Es ist Reha-Schmusen." Sie kam näher und atmete tief ein. "Aber du bist sehr, sehr willkommen mitzumachen."

★

KAPITEL EINUNDDREISSIG

SABRINA

Der große Tag stand vor der Tür und ich war aufgeregter, als ich es sein sollte. Laut Viv wirkte es so, als hätte ich noch nie ein Haustier gesehen, und was war das Besondere daran, ein paar von ihnen auf einmal zu sehen?

Nun, die Antwort war, dass es zunächst einmal nicht nur ein paar waren. Es war eine Menge. Das Tierheim hatte ein paar andere nahegelegene Tierheime eingeladen, die Tiere, die sie zur Adoption hatten, hinzubringen. Aus den E-Mail-Nachrichten, die über die Veranstaltung informierten, wusste ich, dass es über hundert von ihnen sein würden.

Zweitens wären wir die Stars der Show. Janine hatte eine Zeit festgelegt, zu der ich und Viv eine Rede halten sollten. Wir hatten eine Woche lang gemeinsam daran gearbeitet. Lady würde ebenfalls auf der Bühne sein und wenn man bedachte, wie hyperaktiv sie immer war, würde sie es genießen, die Aufmerksamkeit aller zu erregen.

Drittens... die Hüpfburg.

Ich wachte um fünf Uhr auf und wollte schon in den Tag starten. Das war besser als der Weihnachtsmorgen, besonders jetzt, da ich erwachsen war und so viele Geschenke kaufen musste, wie andere Leute früher für mich gekauft hatten. Ich konnte es kaum erwarten, in das Tierheim zu kommen.

"Bree, chill", stöhnte Viv vom Bett aus. "Die Veranstaltung beginnt erst um zehn und ich schlafe hier fest."

"Tust du nicht mehr." Ich schlüpfte zurück ins Bett neben ihr und legte meine Hand auf ihren Oberschenkel. "Also warum hilfst du mir nicht, etwas von dieser Energie zu verbrennen?"

Endlich war es zehn Uhr und wir nahmen ein Taxi zum Tierheim. Ich sah nicht ein, warum wir das Geld dafür verschwenden sollten, aber Viv bestand darauf, weil sie wollte, dass Lady sich besonders fühlte. Mit Lady meinte sie mich. Ich wollte nicht prahlen, aber mein Energieüberschuss bedeutete, dass ich mich heute Morgen im Bett selbst übertroffen hatte.

Wir kamen mit Stil an. Ich fühlte mich total wie eine Berühmtheit, als wir aus dem Taxi stiegen und Fremde uns zuwinkten.

Wir fanden schnell den Weg zu Janine, die sich sehr herzlich für unser Kommen bedankte. "Es sind schon so viele Leute hier", sagte sie in einem Atemzug. "Wir haben noch nicht einmal offiziell angefangen. Wir müssen noch das Getränkezelt aufstellen."

"Wir können dabei helfen", sagte Viv. "Zeig uns einfach, was zu tun ist!"

Das klang nicht gerade nach Spaß, aber ich hatte gesagt, dass wir bei den schweren Arbeiten helfen würden. Ich sah mir die Kartons mit Soda an, die ausgeladen werden sollten. Ich hatte nicht gedacht, dass Janine es so wörtlich meinte.

"Ein paar Leute haben mir bereits gesagt, dass sie über euren Blog von der Veranstaltung gehört haben", sagte sie uns, als wir auspackten. "Ich wette, die Mehrheit wird wegen euch dreien kommen."

"Das bezweifle ich", sagte ich. "Ich weiß, dass du viel getan hast, um die Veranstaltung bekanntzumachen." Sie hatte Anzeigen in der Lokalzeitung geschaltet und viel auf Facebook gepostet.

"Ich habe nicht die gleiche Reichweite wie ihr."

Nachdem das Getränkezelt aufgebaut war, stellte sie uns am Eingang zum Tierheim auf. Wir saßen an einem Tisch, an dem Lady zu unseren Füßen angeleint war, sodass wir die ersten waren, die alle Neuankömmlinge begrüßten.

Die erste Stunde verging schnell. Der Strom von Menschen begann langsam, dann wurde er schnell fast mehr, als wir bewältigen konnten. Wir begrüßten jeden und luden sie ein, ihre Namen ins Gästebuch des Tierheims zu schreiben. Das sollte eigentlich alles sein, aber so viele von ihnen wollten über den Blog plaudern oder sich über Lady freuen.

Der Welpe zog jedes bisschen Aufmerksamkeit auf sich. Sie tat so, als wäre jede neue Person ihre beste Freundin und wenn sie versuchte, sie zu manipulieren, funktionierte es. Sie wurde mit etwa einer Million Streicheleinheiten und Hundeleckereien belohnt.

Nach elf Uhr verlangsamte sich der Strom bis zu einem gewissen Grad. Der Strom der Leute wurde so gering, dass wir uns sicher fühlten, uns abzuwechseln. Viv ging zuerst, um sich den Rest der Veranstaltung anzuschauen und sie sah erfreut aus, als sie zurückkam. "Es ist unglaublich", flüsterte sie und gab mir einen Hot Dog. "Du wirst nicht glauben, wie süß es da draußen ist."

"Und die Hüpfburg?"

"Ich bin noch nicht hereingegangen", sagte sie. "Ich warte, bis wir zusammen gehen können."

Awww... wie viel süßer konnte sie noch sein? Ich hatte vor, so schnell wie möglich hineinzugehen, aber jetzt beschloss ich auch auf sie zu warten.

"Geh und schaue dir alles an", forderte sie mich auf.

Warum nicht? Ich legte das Gästebuch nieder, mischte mich unter die Leute und kaute an meinem Hot Dog. Das Tierheim hatte verschiedene Bereiche für die Tiere eingerichtet, sodass die Katzen und Hunde nicht nebeneinander sein mussten. Scharen von Menschen reihten sich vor den Bereichen auf und Freiwillige standen an den Eingängen und ließen eine bestimmte Anzahl von Menschen in jeden von ihnen.

Heute waren keine Welpen zu sehen, aber es gab einen Wurf mit Kätzchen. Ich stellte mich an, um sie mir anzusehen. Würde Viv mich umbringen, wenn ich heute ein anderes Haustier adoptieren würde? Wahrscheinlich, ja.

Die Kätzchen waren unglaublich bezaubernd - natürlich nicht so sehr wie Lady. Als ich von ihrem Käfig wegging, breitete sich ein Lächeln auf meinem Gesicht aus. Alle hier waren so gut gelaunt. Die Sonne schien und die Luft war angenehm frisch. Ich hatte nicht gedacht, dass etwas diesen Moment ruinieren könnte.

Die Zeit für unsere Rede stand bevor und ich war nicht einmal nervös. Ich war immer einigermaßen okay bei öffentlichen Reden, obwohl ich seit einiger Zeit keine mehr machen musste. Die Rede, die wir geschrieben hatten, war leicht zu merken. Und selbst wenn ich sie aus irgendeinem Grund vergaß, konnte ich etwa eine Stunde lang über Lady erzählen, indem ich improvisierte.

Nachdem ich so ziemlich alles gesehen hatte, außer das Innere der Hüpfburg, ging ich zurück an den Eingang. Vielleicht wollte Vivian noch einen weiteren Rundgang machen oder wenn zu viel los war, blieben wir zusammen im Empfangsbereich.

Mein Herz hüpfte, als ich sie wiedersah. Sie war so schön, so perfekt, und ich war jeden Tag so dankbar, dass ich sie endlich hatte.

Dann sah ich, mit wem sie sprach. Ihre Köpfe waren eng miteinander verbunden.

Und mein Herz sank so tief, dass ich mich fragte, ob es jemals wieder hochkommen würde.

★

KAPITEL ZWEIUNDDREISSIG

VIVIAN

Ich setzte das falscheste Lächeln auf, das ich zustande bringen konnte, als ich sah, wer sich mir näherte. Ich hatte dieses Gesicht seit über sechs Monaten nicht mehr gesehen und wollte es auch nicht wiedersehen.

Sicher, es war ein schönes Gesicht - symmetrische Gesichtszüge, umrahmt von schulterlangem schwarzem Haar, und eine stylische Designer-Sonnenbrille, die den Augen einen Hauch Geheimnisvolles verlieh. Aber ich kannte die Person hinter diesem Gesicht und sie war niemand, den ich treffen wollte.

"Was für eine Überraschung, dich zu sehen!", sagte ich.

Kerry kannte mich wahrscheinlich noch gut genug, um mich durchzuschauen. Oder, wie ein normaler Mensch, konnte sie erraten, dass es eine weniger wünschenswerte Erfahrung war, seinen Ex zu treffen. Trotzdem benahm sie sich so fröhlich, wie ich vorgab zu sein. "Ich weiß. Ich habe mich mit deinem Blog auf dem Laufenden gehalten und ich musste einfach die Gelegenheit nutzen, diesen kleinen Welpen kennenzulernen." Sie griff nach unten, um Lady zu streicheln.

"Lass deine verdammten Hände von ihr", wollte ich schreien. Diese gleichen Hände waren an unzähligen anderen Frauen gewesen, während wir zusammen waren, aber jetzt diktierte mir die Höflichkeit, dass ich nichts dazu sagen konnte, dass sie meinen geliebten Welpen berührt hatte.

Ich hätte nicht gedacht, dass Lady es besser wissen würde. Ich hatte sie unterschätzt. Sie wich vor Kerry zurück und die Art und Weise, wie sie starrte, war unverkennbar. Diese Welpen-Hundeaugen waren nicht so süß und unschuldig, wenn sie voller Wut waren.

"Nicht so freundlich der Hund, oder?", fragte Kerry mit einem unvorsichtigen Lachen. "Ich schätze, du übertreibst eine Menge der Details in deinem Blog."

Ich blätterte mental durch die letzten paar Einträge und versuchte, mich daran zu erinnern, was ich genau geschrieben hatte. Dieser Blog war nie für sie gedacht gewesen und die Tatsache, dass sie ihn sich angesehen hatte, war mir unangemessen unangenehm. "Ich übertreibe nichts. 99 Prozent der Zeit ist Lady ein sehr freundlicher Hund."

"Ich bin sicher, das ist sie."

Die Unehrlichkeit strömte aus ihr heraus; so dick, dass sie praktisch sichtbar war. Wie konnte ich es nur übersehen? Wie konnte ich nur ein Wort glauben, das sie sagte?

"Ich bin sehr froh, dass du glücklich bist", fuhr sie fort. "Ist Sabrina hier? Ich würde gerne Hallo sagen."

Instinktiv sah ich mich um. Bree war nur ein paar Meter entfernt und sie sah angepisst aus. Ich winkte ihr zu und sie warf mir einen "Meinst du das ernst?"-Blick zu.

Ich meinte es ernst. Sie und Kerry waren sich nie nahe gewesen. Was auch immer Kerry von ihr wollte - es ging nicht darum, sie aufzureißen.

"Sie ist irgendwo in der Nähe", sagte ich so beiläufig wie möglich. "Vielleicht triffst du sie später."

"Nun, sag ihr, dass ich Hallo gesagt habe", sagte Kerry. “Ich...”

Ein Paar kam an den Tisch und ich wandte mich erleichtert an sie. "Tut mir leid", sagte ich zu Kerry. "Wir müssen später reden. Es ist einfach zu viel los hier!"

Sie schnaufte und ich dachte, ich hörte sie etwas sagen, aber ich hatte dem Paar bereits meine volle Aufmerksamkeit geschenkt, und nach einem Moment verschwand sie.

Ich legte meine Arme um Sabrina, als sie kurz darauf zurückkam. Meine Hände zitterten noch leicht und doch schien sie, anstatt mich zu trösten, fast wütend auf mich zu sein.

"Was zum Teufel wollte sie hier?", zischte sie.

Ich gab ihr einen kurzen Überblick über alles, was Kerry gesagt hatte. "Ich hoffe, sie hat den Hinweis verstanden, dass ich nicht mit ihr reden will. Wenn sie versucht, mit dir zu reden, tu einfach das Gleiche."

"Ich verstehe nicht, warum sie mit mir reden will."

"Ich auch nicht." Ich drückte ihre Hand. "Komm, setz dich zu mir. Lass uns nicht zulassen, dass sie unseren Tag ruiniert."

"Ja, und wir sollten diese Rede bald halten."

Wir verbrachten die nächsten Minuten mit dem Üben, unterbrochen von leichtem Flirten und Spielen mit Lady. Sie schien mir vergeben zu haben, dass Kerry gekommen war, obwohl es eine gewisse Anspannung zwischen uns gab, die normalerweise nicht da war.

Um Viertel nach zwölf entschuldigte sich Sabrina, um auf die Toilette zu gehen. Nur noch fünfzehn Minuten vor der Rede, sagte ich ihr, sie solle sich beeilen. Sie rollte mit den Augen und verschwand.

Die Minuten vergingen und sie kam nicht zurück. Um halb eins eilte Janine durch den Park und rief alle auf, sich im hinteren Bereich zu versammeln. Wo war Bree? Sie war vielleicht nicht die verantwortungsbewussteste Person, aber sie wäre nicht so abgelenkt, dass sie unsere Rede vergaß. Zumindest... dachte ich das nicht.

Als sich die Menschenmassen versammelt hatten, schloss ich mich Janine auf der Bühne an. Sie sah mich an, als würde sie fragen, wo Bree wäre und ich machte ein subtiles Achselzucken. Die Wut begann in mir zu wachsen. Ehrlich gesagt, wenn sie von der verdammten Hüpfburg abgelenkt worden ist...

Nachdem sie darauf gewartet hatte, dass alle ruhig wurden, begann Janine zu sprechen. Einige Minuten lang sprach sie über die Geschichte des Tierheims, die Gründe für das heutige Ereignis und ihre Hoffnungen auf die Adoptionen, die stattfinden könnten. Ich stand angespannt da und hoffte immer noch, dass Bree erscheinen würde.

Als Janine fertig war, hielt sie mir das Mikrofon entgegen. Mein Kiefer presste sich zusammen, als ich es nahm. Die Worte meiner sorgfältig geplanten Rede waren fast aus meinem Kopf verschwunden.

Und wo zum Teufel war Sabrina?

★

KAPITEL DREIUNDDREISSIG

SABRINA

"He-e-e-ey. Du bist Sabrina, nicht wahr?"

Ich beendete das Händewaschen und drehte mich scharf um, um die Frau neben mir anzuschauen. Ich hätte sie vielleicht nicht erkannt, wenn Viv und ich nicht gerade über sie gesprochen hätten, aber so, wie sie da stand, wusste ich sofort, wer sie war.

"Kerry", sagte ich. "Entschuldige mich. Ich muss jetzt los."

"Ich werde schnell sein", sagte sie selbstbewusst und stand mir im Weg, bevor ich einen Schritt zur Tür gehen konnte. "Du wirst sehr interessiert sein, was ich zu sagen habe."

Ich trat vor und zurück wie ein Boxer im Ring und wünschte, es wäre legal, ihr ins Gesicht zu schlagen. "Ich habe einen Termin."

"Ich brauche nur eine Minute." Sie lächelte grimmig und ich konnte sehen, dass ich nicht an ihr vorbeikommen würde, es sei denn, ich hätte sie umgestoßen.

"Gut", sagte ich. "Sag, was du zu sagen hast, wenn es dir dadurch besser geht." Egal, über welchen Mist sie mit mir reden wollte - ich war immer noch diejenige, die das Mädchen bekommen hatte.

"Ich wollte das eigentlich nett sagen, aber du bist selbst nicht sehr nett." Ihre Augen verengten sich. "Ich habe es satt, dass sich alle für dich und Vivian begeistern. Ihr zwei verdient diese Art der Anbetung nicht. Ihr seid ein paar dreckige Lügnerinnen!"

Meine Schultern spannten sich an. Es war mir gerade erst in den Sinn gekommen, dass sich die Aussage, dass Sabrina und ich seit vier Jahren zusammen waren, mit der Zeit überschnitt, in der Kerry und Viv tatsächlich zusammen waren.

Kerry grinste mich an, als ich wieder versuchte, an ihr vorbeizuschleichen. "Du hast über eure Beziehung gelogen. Du lügst seit dem ersten Tag und du lügst jetzt."

"Worauf willst du hinaus?"

"Ich werde der Welt sagen, wie ihr wirklich seid", zischte sie. "Ich werde es zu meiner persönlichen Mission machen, dafür zu sorgen, dass jeder die Wahrheit weiß."

"Du bist eine verdammte Psychopathin. Geh mir aus dem Weg oder ich werde Viv anrufen."

Ihre Augen blinzelten und sie stieß mich hart zurück. "Du wirst gehen, wenn ich sage, dass du gehen kannst."

Ich stolperte gegen die Toilettentheke, mein Herz klopfte plötzlich. Kerry war wirklich verrückt und ich hatte keine Ahnung, wozu sie fähig war. Ich griff nach meiner Tasche und dachte darüber nach, ob ich Viv oder die Polizei rufen sollte.

Kerrys Blick folgte meiner Hand. "Gut. Ich lasse dich gehen - vorerst. Denk einfach daran, was ich dir gesagt habe."

Als sie weg war, rannte ich hinaus und atmete keuchend ein und aus, während ich mich an die Wand lehnte. Mein Adrenalin pumpte und ihre Worte schwirrten in meinem Kopf herum.

Ich brauchte eine Minute, um mich an die Rede zu erinnern, die ich halten sollte. Leise fluchend rannte ich zur Bühne. Ich erreichte Viv, als sie gerade anfangen wollte zu sprechen.

Benommen und verwirrt tat ich mein Bestes, um die Worte zu sprechen, die wir im Voraus vorbereitet hatten. Ich konnte jedoch Vivs Blick auf mir spüren und ich konnte spüren, wie sich ihre Stimmung von Wut zu Sorge änderte.

"Was zum Teufel ist passiert?", fragte sie, sobald wir allein waren.

"Ich sage es dir, sobald wir zu Hause sind."

Davor gab es noch ein paar Stunden, die ich durchstehen musste, und ich versuchte, meine Stimmung aufrechtzuerhalten - oder zumindest so zu tun. Der Tag, der so perfekt begonnen hatte, war völlig schiefgelaufen.

Schließlich endete die Veranstaltung und ich konnte so zusammenbrechen, wie ich es mir gewünscht hatte. Sogar Lady schien entmutigt auf der U-Bahnfahrt nach Hause zu sein, saß auf ihrem Hintern zu meinen Füßen und reagierte nicht auf die Fremden, die versuchten, sie zu bewundern.

Als wir wieder bei uns zu Hause waren, erzählte ich Viv die ganze Geschichte. "Also... das war abgefuckt." Ich fiel auf die Couch.

"Ja." Viv seufzte, als sie sich auf dem Boden niederließ und Lady in ihre Arme nahm. "Ich habe nie daran gedacht, dass Kerry den Blog sieht. So oder so, ich hätte gedacht, dass sie kein Problem damit haben würde, wenn sie es jemals herausfindet."

"Weil sie in der Vergangenheit bei so vielen anderen Dingen cool war?"

"Sie ist diejenige, die mich betrogen hat." Viv vergrub ihr Gesicht in Ladys Fell. "Welches Recht hat sie, angepisst zu sein?"

"Genau das denke ich auch. Ugh! Unser Blog hat nichts mit ihr zu tun."

"Was, wenn sie mit der Beziehung, die wir hatten, an die Öffentlichkeit geht?" Viv sah immer besorgter aus. "Sie hat Bilder, Beiträge, alles. Sie kann alles beweisen."

"Also wird es so aussehen, als hättest du über uns gelogen?"

"Oder als hätte ich dich mit ihr betrogen." Sie zog eine Grimasse. "Wir müssen dieser Sache zuvorkommen."

"Wie?" Der einzige Weg, an den ich denken konnte, war, die Wahrheit zu sagen und das war keine Option.

"Ich weiß nicht", sagte sie. "Wir werden uns etwas ausdenken." Sie streichelte Lady wieder und sah ernster denn je aus. "Aber wir sollten uns das besser schnell überlegen."

In den nächsten Tagen fiel keinem von uns etwas ein. Viv stellte sicher, dass sie alle ihre Facebook-Fotos mit Kerry löschte und sie blockierte sie, sodass Kerry nichts mehr auf ihrem Profil sehen konnte. Dennoch war sie offensichtlich nervös.

Ich bot an, mich krankzumelden und ihr Gesellschaft zu leisten, aber wie immer sagte sie Nein. Anscheinend zog sie es vor, dass ich "verantwortungsvoll bin" oder so. Da sie sich zu wünschen schien, dass die Dinge wieder normal waren, verhielt ich mich so normal wie möglich. Ich behielt unsere normale Routine bei, einschließlich des Sex, so oft wie möglich.

Aber ich war mir bewusst, dass sie alle fünf Minuten ihr Social Media überprüfte und schaute, ob Kerry etwas veröffentlicht hatte. Und die meiste Zeit schaute ich ihr über die Schulter, um es selbst herauszufinden.

Warum warf Kerry die Bombe nicht ab? Was war der Grund? Ich konnte nicht herausfinden, was ihr durch den Kopf ging. Da ich sie kaum kannte, dachte ich, Viv könnte eine bessere Idee haben, aber sie schien ebenso ahnungslos zu sein.

"Was wäre, wenn du mir ihre E-Mail-Adresse geben würdest?", fragte ich aus heiterem Himmel eines Tages beim Abendessen. "Vielleicht könnte ich ihr etwas Verstand einreden."

Viv musste nicht fragen, von wem ich sprach. Sie schüttelte einfach den Kopf. "Ich glaube nicht, dass das notwendig ist. Kerry hatte schon immer ein Problem mit Impulskontrolle. Sie hat es rausgelassen und jetzt ist sie damit durch. Zumindest ist es das, was ich glaube."

Ich war mir nicht so sicher. So wenig ich auch mit Kerry reden wollte; ich wollte ihre Pläne aufhalten. Sie klang ziemlich entschlossen, es durchzuziehen. Ich hatte fast Lust, ihr eine Nachricht auf Facebook zu schicken, und ich hätte es getan, wenn das nicht bedeutet hätte, dass ich die Wünsche von Viv nicht respektierte.

Dennoch, eine Woche nach der Adoptionsveranstaltung, begann ich, mich wegen der ganzen Sache ruhiger zu fühlen. Wenn Kerry unsere Lügen noch nicht enthüllt hatte, dachte ich, dass sie es auch nicht mehr tun würde.

Vielleicht hatte sie letztes Wochenende einen schlechten Tag gehabt und deshalb war sie so gemein gewesen. Sie konnte nicht glücklich sein, als sie über unseren Blog stolperte und sah, wie glücklich wir zusammen waren. Spätestens mit unseren letzten Beiträgen war es ganz klar, dass wir ein echtes Paar waren. Soweit ich wusste, war sie noch Single. Sie war wahrscheinlich nur eifersüchtig.

Und doch, wenn es um Impulskontrolle ging, warum hatte es dann so geplant ausgesehen? Sie hatte den Blog gelesen, darüber nachgedacht, beschlossen, zur Veranstaltung zu kommen... Es war keine spontane Entscheidung gewesen.

Als wir eines Nachts mit unseren Freunden ausgingen, fragte Viv: "Habt ihr etwas von Kerry gehört?"

Alle schüttelten den Kopf. "Nein, nicht seit dem einen Mal, als ich sie getroffen habe", sagte Erin. "Warum?"

Viv zuckte mit den Schultern und Erin ging dem Thema nicht weiter nach. Aber deshalb wusste ich, dass Viv immer noch über Kerry nachdachte.

★

KAPITEL VIERUNDDREISSIG

VIVIAN

Der Schlag kam ohne Vorwarnung. Ich hatte es wochenlang erwartet und als dann nichts passierte, war ich in ein falsches Gefühl der Sicherheit eingelullt worden. Nun, da ein ganzer Monat vergangen war, seit Kerry bei der Adoptionsveranstaltung aufgetaucht war - und ein Monat, seit ich irgendwelche Kommentare von dem hasserfüllten Blog-Leser gesehen hatte - hatte ich angenommen, dass nichts mehr schiefgehen konnte.

Zuvor hatte ich darauf gewartet, dass Kerry etwas auf Facebook veröffentlichte, oder vielleicht einen vernichtenden Kommentar unter den Blog schreibt. Ich hatte nicht erwartet, dass sie den Blog selbst übernimmt.

Als ich auf die Website ging, tauchten der Text, den ich geschrieben hatte, und die Bilder, die ich gemacht hatte, nicht auf. Stattdessen starrte mir ein blinkendes Banner ins Gesicht. Da stand: "Vivian Smythe und Sabrina Walden ENTLARVT!" Ein riesiger Pfeil wies mich an, auf die Schaltfläche "Weiterlesen" zu klicken.

Mein Atem blieb mir im Hals stecken und ich öffnete meinen Mund, um Bree zu rufen. Aber ich hielt mich zurück und wollte erst sehen, wie schlimm es war.

Vivian Smythe und Sabrina haben das halbe Land dazu gebracht, sich in sie zu verlieben. Ich bin hier, um zu sagen, dass es sich um zwei LÜGNERINNEN handelt. Woher ich das weiß? Weil ich selbst in Vivian verliebt war.

Es folgte ein Bild von uns, wo sie auf meinem Schoß saß und es war mit einem Datum von weniger als einem Jahr versehen.

Sieht es so aus, als wären wir ein Paar gewesen? Wir waren es! Denn trotz der Art und Weise, wie sie sich entschieden haben, die Dinge zu drehen, waren Vivian und Sabrina bis vor kurzem nicht wirklich ein Paar. Sie haben darüber gelogen, also wer weiß, worüber sie noch lügen?

Als Nächstes kam ein Screenshot eines Facebook-Posts, an den ich mich nicht einmal mehr erinnerte. Er war von vor zwei Jahren und erzählte, wie aufgeregt ich über den Besuch meiner "guten Freundin" Sabrina war.

Kerry war verrückt - und ich hatte nicht den Mut, den Rest davon allein zu lesen. "Bree?", rief ich schwach. "Es gibt da etwas, das du sehen solltest..."

Sie kam in mein Zimmer und schaute über meine Schulter und keuchte hörbar auf, als sie sah, wie Kerry den Blog gehackt und übernommen hatte. Mit ihrer Hand auf meinem Rücken lasen wir weiter.

Hoffentlich bist du inzwischen von der Wahrheit überzeugt - dass Vivian und Sabrina gelogen haben. Warum sollte man so etwas tun? Hier ist meine beste Vermutung: um Vivians Hochzeitsplanungsfirma zu bewerben.

Dann folgten ein paar Zitate aus dem Blog darüber, woran ich in letzter Zeit gearbeitet hatte oder welche Dienste ich anbot. Ich zuckte zusammen, als ich las, was ich geschrieben hatte. Die "Teenager"-Stimme von Lady war irritierend und lächerlich, wenn sie so aus dem Zusammenhang gerissen wurde und als ich alle Zitate zusammengestellt sah, wirkte meine Selbstdarstellung übertrieben.

Vivian sah ihre Chance auf fünfzehn Minuten Ruhm und offensichtlich nutze sie sie. Was sprang für Sabrina dabei heraus? Anscheinend hatte sie die Chance, mit dem Mädchen, für das sie vier Jahre lang geschwärmt hatte, ins Bett zu steigen.

Als Nächstes war ein altes Bild von einem Ausflug zu sehen. Wir alle hatten unsere Arme umeinander gelegt und es war definitiv nicht romantisch gewesen - aber die Art und Weise, wie Sabrina mich ansah, deutete darauf hin, dass sie viel früher Gefühle für mich gehabt hatte, als ich gedacht hatte.

Und was die ganze Bewerbung der Adoptionsveranstaltung der Brooklyn Tierschutzstiftung angeht? Wenn ihr mich fragt, wurden sie definitiv dafür bezahlt. Offensichtlich würden diese Damen alles für einen Dollar tun.

Und dann wieder eine Reihe von Zitaten über die Veranstaltung, als ich sie heftig beworben hatte.

Glaub nicht nur mir, wie beschissen diese Leute sind. Schaut euch auf ihrem Blog an, wie sie auf harmlose Kritik reagieren.

Es folgten ein paar Sätze aus den Kommentaren von KThxBye. "Natürlich", murmelte ich mir selbst zu. "KThxBye. K wie Kerry." Sie hatte nur die harmlosesten Dinge zitiert, die sie geschrieben hatte. Aber darunter befand sich ein Screenshot, der zeigte, dass sie daran gehindert worden war, etwas anderes zu kommentieren.

Noch nicht überzeugt? Das ist der ganze Dreck, den ich über die beiden habe. Aber bevor ich es dabei belasse, muss ich euch noch etwas sagen. Lady Gray, dieser bezaubernde Welpe, über den ihr euch alle aufregt? Sie ist ein ARSCHLOCH.

Ein Video wurde abgespielt, das die Interaktion zwischen Kerry und Lady im Tierheim zeigte - Kerry versucht sie zu streicheln, und Lady, die sich mit einem gemeinen Blick zurückzieht.

"Nun", sagte ich leise.

Sabrina atmete tief durch und massierte sanft meinen Hals. "Es ist alles in Ordnung."

"Es ist nicht alles in Ordnung."

"Nun, nein, ist es nicht, aber was sollen wir tun?"

"Das Einzige, was wir tun können." Ich atmete tief durch. "Die Wahrheit sagen."

★

KAPITEL FÜNFUNDDREISSIG

SABRINA

So sehr ich es auch versuchte - ich konnte Vivian nicht davon überzeugen, dass es eine schreckliche Idee war, die Wahrheit über unsere Beziehung zu erzählen.

Meiner Meinung nach würde niemand Kerry und ihren verrückten Post beachten. Wie viele Leute würden sich ernsthaft darum kümmern, wann und wie Viv und ich zusammen gekommen waren? Kerrys Post konnte ignoriert werden und das war genau das, was ich beabsichtigte zu tun.

"Ich meine, sie hat versucht einen Welpen zu beleidigen", sagte ich zu Viv. "Niemand wird glauben, dass sie auch nur im Geringsten glaubwürdig ist."

"Sie hat die Kontrolle über meine gesamte Website und jeder, der sie gerade besucht, kann ihren kleinen Text sehen. Und die Sache ist die..." Viv schüttelte langsam den Kopf. "Sie sagt die Wahrheit."

"Nicht über Lady." Ich blickte zur Tür, wo Lady bei dem Klang ihres Namens erschienen war. Ihre Ohren wackelten und sie sah jeden von uns neugierig an.

"Nein", sagte Viv, "und sie hat einige Fakten verdreht und den Rest übertrieben. Deshalb müssen wir unsere Version der Ereignisse darstellen und dies ein für allemal hinter uns lassen."

"Was wäre, wenn du einfach den ganzen Blog abschaltest?", fragte ich und flehte sie an. "Die Leute werden uns schnell vergessen."

"Und sie gewinnen lassen? Nein. Das will ich nicht."

Das erste, was wir tun mussten, war, die Kontrolle über die Website wiederzuerlangen und das, was sie geschrieben hatte, offline zu schalten. Ich wusste nichts über solche Sachen, also überließ ich diesen Teil Viv. Sie tippte schnell und sah dabei so sexy entschlossen aus, dass ich zurücktrat und sie von der Tür aus bewunderte.

"Bist du sicher, dass du keine Zeit für eine Pause hast?" Ich hob eine Augenbraue und schaute zum Bett.

"In einer Zeit wie dieser?" Sie lachte laut auf. "Du hast wirklich einen sehr festgelegten Verstand."

Sie ging zurück zu dem, was sie tat, während ich auf dem Boden saß und Lady streichelte. Ich murmelte ihr zu, dass es gemeine Menschen auf der Welt gab und sie eine dicke Haut entwickeln musste, um mit ihnen fertigzuwerden, aber sie immer zu Mami Viv oder mir kommen konnte. Wir würden sie immer mit Liebe und Zuneigung überhäufen. Sie verstand vielleicht kein Wort von dem, was ich sagte, aber sie genoss definitiv das Kraulen.

Ich versuchte, nicht darüber nachzudenken, was Viv schreiben würde, sobald sie wieder die Kontrolle über den Blog hatte. Es mag egoistisch gewesen sein, aber aus so vielen Gründen wollte ich wirklich nicht, dass die Wahrheit über uns der Welt ausgesetzt war. Ich wollte nicht als das Mädchen bekannt werden, das vier Jahre lang in ihre Freundin verliebt war, zum einen. Und ich wollte nicht, dass die Leute dachten, wie erbärmlich es war, so zu tun, als wäre mein Schwarm meine Freundin.

Und unsere Beziehung würde so viel weniger ernst erscheinen, sobald die Leute wussten, wie neu sie war. Ein kleiner Teil von mir war glücklich, wenn die Leute fragten, ob wir verlobt waren oder uns beglückwünschten, dass wir so lange schon ein Paar waren. Ich wusste, dass ich es mit Viv ernst meinte und die "Vier Jahre"-Sache unterstützte dieses Gefühl.

"Ich bin dabei", sagte Viv. "Auch gerade noch rechtzeitig. Gott, die Hits auf dem Blog sind in der letzten Stunde in die Höhe geschnellt."

"Übersetzung ins Deutsche, bitte?"

"Viele Leute haben sich das angesehen." Sie klickte ein paar Mal. "Wie ein paar tausend Leute."

Ich schluckte. Das war weit über unserer üblichen Anzahl von Website-Besuchern und ich mochte die Idee nicht, dass sie lasen - und verbreiteten - was Kerry veröffentlicht hatte.

"Kannst du den Post, den sie gemacht hat, offline schalten?", fragte ich.

"Bin schon dabei." Ein paar Klicks weiter und sie öffnete die Website wieder. Es wurde ein 404-Fehler angezeigt - keine Webseite gefunden.

"Du bist ein Engel." Ich stand auf und ließ Lady auf dem Boden zurück, um mich in Vivs Schoß zu werfen. Ich kuschelte mich an ihren Hals und gab ihr dann einen langen Kuss, der ein Verlangen tief in meinem Körper weckte. "Wie wäre es, wenn du jetzt die Pause machst? Der schwierige Teil ist vorbei, oder?"

"Mmm.... Das würde ich gerne, aber ich kann nicht. Ich muss einen Beitrag darüber schreiben, was wirklich passiert ist."

"Lass deine Ideen für ein paar Minuten ruhen." Ich zog sie zum Bett. "Die Seite ist im Moment ohnehin nicht erreichbar. Den Post zu schreiben ist nicht so dringend."

"Bree, komm schon." Es gab eine unerwartete Festigkeit in ihrer Stimme. "Ich muss das tun... oder bist du damit nicht einverstanden?"

Ich seufzte. Ich war es irgendwie nicht... aber andererseits war ich es auch. Und um ihretwillen wollte ich diese Seite gewinnen lassen.

"Ja", sagte ich. "Tu es."

★

KAPITEL SECHSUNDDREISSIG

VIVIAN

Sabrina schien skeptisch zu sein und vielleicht hatte sie Recht. Ich hatte auch Angst. Wenn ich den großen Schritt tun würde, die ganze Wahrheit öffentlich zu machen, wünschte ich, ich hätte es zumindest vorausplanen können. Ich hatte einen ganzen Monat Zeit gehabt, um herauszufinden, was ich sagen sollte, und doch hatte ich jetzt, da ich auf eine leere Seite starrte, keine Ahnung, wo ich anfangen sollte.

Ich schloss die Augen und hielt meine Hände über die Tastatur. Dann ließ ich meine Finger frei fliegen, ohne innezuhalten, um nachzudenken oder mich selbst zu zensieren, und als ich alles gesagt hatte, was gesagt werden musste, öffnete ich meine Augen und drückte auf "Veröffentlichen".

Der Beitrag war wahrscheinlich voller grammatikalischer Fehler und Schachtelsätzen, aber es war mir egal. Ich winkte Sabrina zu, um einen Blick darauf zu werfen. Vielleicht hätte ich das tun sollen, bevor ich ihn veröffentlichte, aber sie hatte mir so ziemlich freie Hand gelassen, um zu sagen, was ich wollte.

Sie brauchte eine Minute, um es durchzulesen, und ich trat zurück und sah weg. Irgendwann würde ich noch einmal lesen, was ich geschrieben hatte, nur nicht jetzt.

"Es ist gut." Sie drehte den Stuhl um und zog mich auf ihren Schoß. "Wirklich gut."

"Ist das nicht zu viel Chaos? Ich habe nicht darüber nachgedacht, was ich schreiben würde..."

"Das ist das Gute daran. Es ist roh, emotional und real." Sie klang jetzt fast schüchtern. "Ich weiß, dass du mich liebst, aber als ich das las... fühlte ich es umso mehr."

Ich drückte sie fest. "Natürlich liebe ich dich. Die Frage ist, ob das genug ist, damit die Welt uns verzeiht."

"Ich bin mir hundertprozentig sicher, dass sie uns vergeben werden, nachdem sie das gelesen haben." Ihre Augen erhellten sich. "Also, jetzt, wo das vorbei ist, können wir da miteinander schlafen?"

Ich drehte mich herum, um ihren Schoß zu spreizen. Ihr Körper war so warm, ihr Duft köstlich und auf ihr zu sitzen, ließ ihren Vorschlag wie eine nicht halbwegs schlechte Idee erscheinen.

Dann gab mein Computer ein Ping von sich. "Da ist ein Kommentar!" Ich drehte mich um und gab Sabrina einen beruhigenden Klaps auf den Rücken. "Wir werden es tun. Lass mich das einfach zuerst lesen." Es gab noch ein weiteres Ping und dann noch ein anderes. "Ich meine... nachdem ich die hier gelesen habe."

Obwohl Sabrina einen übertriebenen Seufzer machte, lehnte sie sich genauso eifrig wie ich zum Computerbildschirm. Da die Benachrichtigungen weitergingen, scannten wir die Kommentare mit der gleichen Besorgnis durch.

"'Eine schöne Geschichte'," las ich laut vor. "'Mir ist es egal, wie oder wann ihr euch verliebt habt, solange ihr euch verliebt habt...' 'Immer noch ein tolles Paar...' 'Ihr scheint zwei Mädchen zu sein, mit denen ich gerne ein Bier trinken würde...' 'Plan meine Hochzeit jederzeit...'"

"'Langweiliger Beitrag'", las Sabrina. "'Braucht mehr Frauenbilder.'"

"Oh, wie konnte ich die vergessen?" Grinsend drehte ich mich um, um meine Arme um sie zu legen.

Sie drehte sich um mich herum, um ihre Hand auf der Maus zu halten. "Warte, ich wollte dir noch einen vorlesen. 'Du hast fast alles beantwortet, was ich unbedingt wissen wollte. Ich habe nur eine Frage: Wann heiratet ihr Turteltäubchen tatsächlich?' Fragezeichen, Fragezeichen, Ausrufezeichen, Ausrufezeichen." Ihre Stimme schwankte am Ende, als ob sie nervös war.

"Das ist lustig", sagte ich. "Was für ein lustiger Mensch."

"Ja?", sagte sie. "Jetzt, wo sie weiß, dass wir erst seit ein paar Monaten zusammen sind, fragt sie, wann wir heiraten werden? Es ist viel zu früh, um darüber nachzudenken. Viel, viel zu früh."

Ich lachte schwach. Sabrina wusste nicht, dass ich seit dem Tag, wo wir zusammen kamen, darüber nachgedacht hatte.

Als ich sie ansah, sah ich eine kleine Furche auf ihrer Stirn. War sie... besorgt? Machte diese Unterhaltung sie nervös? Ich konnte mir nicht vorstellen, dass sie davon träumte, mich zu heiraten - aber andererseits konnte ich mir auch nicht vorstellen, dass sie vier Jahre lang in mich verliebt war.

"Ich denke, wir beide wissen, dass wir es mit dieser Beziehung sehr ernst meinen", sagte ich ernsthaft. "Ich kenne deine Einstellung zur Ehe nicht..."

"Ich will heiraten."

Mein Lachen war diesmal viel aufrichtiger. Die Art und Weise, wie Sabrina das gesagt hatte, ließ absolut keinen Zweifel aufkommen. Sie klang so ähnlich, als sie sagte, dass sie einen Welpen adoptieren würde.

"Willst du mich eines Tages heiraten?", fragte ich.

Sie nickte feierlich. "Wenn du mich als deine Frau haben willst."

Als ich hörte, dass dieses Wort von ihren Lippen kam, sandte das einen Ansturm des Begehrens durch mich hindurch. "Das steht außer Frage." Ich wollte alles mit ihr - die weißen Kleider, den Lattenzaun, die Kinder. Ich wollte bis zu meinem letzten Tag bei ihr bleiben.

Der Computer klingelte immer noch, aber es war mir egal.

Ich streichelte meine Hand entlang Sabrinas Schlüsselbein, dann ließ ich meine Finger unter den Ausschnitt ihres Hemdes gleiten. Ihre Augen schlossen sich halb und sie leckte ihre Lippen. "Bedeutet das, dass es endlich Zeit ist, miteinander Sex zu haben?", fragte sie.

"Uh-huh." Ich drückte ihr einen Kuss an den Hals und hielt ihn lange genug, um ein leises Stöhnen hervorzurufen. "Lass es uns tun."

Ich küsste und knabberte immer wieder an ihrem Hals, als ich meine Hand zwischen ihre Beine schob und ihre Feuchtigkeit durch ihr Höschen spürte. Ihre weite Jogginghose gab mir genug Platz, um sie genauso zu reiben, wie ich es wollte, und ich wurde mit einem weiteren Stöhnen belohnt.

"Zum Bett", sagte sie atemlos.

Wir stolperten ins Bett und bevor ich überhaupt wusste, was sie tat, hatte sie auch ihre Hände auf mir. Das einzige Geräusch war unsere schwere Atmung, als wir uns beide zurücklehnten und aneinander verwöhnten. Ich konnte fühlen, wie ihre Erregung als Reaktion auf alles, was ich tat, stärker wurde und es machte mich an, zu wissen, dass sie die gleiche Reaktion bei mir fühlte.

Unsere Rhythmen synchronisierten sich und als wir unsere leidenschaftlichen Küsse vertieften, atmete jeder von uns mehr und mehr stoßweise. Meine Finger waren bereits nass und ich konnte spüren, dass meine Nässe überall auf ihren Fingern war.

Ich wollte mich nicht bewegen, aber ich sehnte mich danach, sie zu lecken. Nach einer Weile gab ich diesem Drang nach. Obwohl ich es hasste, mich von ihren talentierten Fingern zu lösen, brachte ich die Willenskraft auf, um mich nach unten zu bewegen.

"Oh", sagte sie und hob ihre Hüften für mich an. Und dann, als ich zwischen ihre Beine tauchte, "Oh-h-h-h-h."

Ich lächelte vor mich hin, als ich meine Zunge in sie tauchte. Sie stöhnte, ihre Hüften richteten sich gegen mein Gesicht. Ich konnte erkennen, dass sie mich in ihrer Mitte haben wollte, aber ich wollte sie dazu bringen, ein wenig länger zu warten. Ich leckte ihre Säfte auf und brummte vor mich hin, nur um jede ihrer Falten mit meinem Mund zu saugen.

"Verdammt, Viv." Ihre Stimme war angespannt. "Lutsch meinen Kitzler für mich, Baby, bitte."

Die Hälfte von mir wollte sie noch mehr foltern... aber ich konnte sie nie warten lassen, wenn sie mit dieser verzweifelten Stimme "bitte" sagte. Ich liebte es zu wissen, wie erregt sie war, und vor allem, dass sie für mich erregt war. Es war etwas, was ich mir in der Zeit vor unserem Zusammensein nie hatte vorstellen können.

Ich zog meine Zunge hoch, um sie über ihre Knospe zu streichen, und wirbelte sie dann leicht im Kreis. Bree zog einen langen Atemzug ein und ihr Körper bebte. "Fester", sagte sie. "Bitte."

Ich reagierte, indem ich ihre Brüste massierte, ihre Klitoris zwischen meine Lippen nahm und mit meiner Zunge darüber strich. Ihre Schreie hallten von den Wänden und ließen meinen Blutdruck steigen. Ich verdoppelte meine Bemühungen, versuchte mein Bestes, damit sie kam, und nach nur wenigen Minuten bebte sie unter mir.

"Ich glaube, meine Seele hat gerade meinen Körper verlassen", sagte sie mit erschöpfter Stimme.

"Das war die Idee." Ich wischte mir den Mund ab, als ich sie neckte.

"Auf den Rücken." Sie drehte sich mit einem Augenzwinkern auf den Bauch. "Ich werde dir das jetzt antun. Zweimal."

★

KAPITEL SIEBENUNDDREISSIG

SABRINA

Ich richtete Vivs Fliege und korrigierte den Kragen ihres Hemdes. Der einfache schwarze Rock und die weiße Bluse, die sie immer zu Hochzeiten trug, waren unglaublich schmeichelhaft - obwohl, um fair zu sein, alles, was sie je trug, unglaublich schmeichelhaft war.

"Genieß die Hochzeit", sagte ich auf die erbärmliche Art und Weise, mit der ich immer sprach, wenn sie im Begriff war, mich zu verlassen.

"Ich werde es versuchen." Sie rollte die Augen - sie hatte mir monatelang Geschichten über diese Braut erzählt, die so spezielle Ansprüche stellte. "Ich werde froh sein, wenn es vorbei ist."

Sie verschwand, was bedeutete, dass ich mit Lady allein war. "Was hast du vor?", fragte ich den Welpen. "Bist du bereit für einen weiteren Spaziergang?"

Das war ein Wort, das sie verstand. Ihre Augen funkelten vor Aufregung, aber dann blinzelte sie mich schläfrig an. Wir waren heute Morgen bereits auf einem langen Spaziergang gewesen, sodass ich es verstand, als sie sich umdrehte, ins Schlafzimmer marschierte und auf das Bett sprang.

"Du willst dich nur entspannen, was?", fragte ich und rollte mich neben ihr zusammen. "Ich bin damit einverstanden."

Ich packte mein Handy und wollte mir ein paar YouTube-Videos ansehen. Eine Textnachricht von einer unbekannten Nummer tauchte auf, bevor ich die App öffnen konnte, und ich klickte, um zu sehen, worum es ging.

Hey Sabrina, ist schon eine Weile her! Ich habe deinen Blog gesehen und wollte nur sagen, dass ich mich für dich freue, unabhängig davon, wie die Dinge zwischen uns geendet sind. Genieße dein Wochenende :)

Ich las es ein paar Mal und versuchte, herauszufinden, von wem sie stammte. Noelle vielleicht? Wir waren ein paar Mal ausgegangen, nicht allzu lange, bevor ich bei Viv eingezogen war. Wir hatten uns nie offiziell getrennt, nur aufgehört miteinander zu reden, als ich die Stadt verließ. Aber das schien in Ordnung zu sein, wenn man bedachte, dass wir nie offiziell zusammen waren.

Es könnte auch Freia sein, die eine Freundin einer Freundin war, mit der ich ein paar heiße Treffen hatte. Zumindest schienen sie damals heiß gewesen zu sein. Nun, da ich bei Viv war und auf die Zeit mit Freia zurückblickte, schien der Sex leer und leidenschaftslos. Die ganze Sache hatte sich einfach nicht entwickelt. Wir baten uns gegenseitig, vorbeizukommen, und eines Tages taten wir es nicht mehr. Ich hatte nicht wirklich darüber nachgedacht.

Ein paar andere potenzielle Mädchen, von denen der Text stammen könnte, kamen mir in den Sinn. An sie zu denken, fühlte sich so fremd an, als hätte jemand anderes als ich sie gedatet. Sie fühlten sich wie Namen aus einem Buch an, das ich vor vielen Jahren gelesen hatte - vage vertraut, aber meistens nur meine Einbildung.

Ich hatte mein altes "Aufreißer"-Selbst so weit zurückgelassen, dass ich vergessen hatte, dass es überhaupt existiert hatte. Es war schwer zu glauben, dass ich mich jede Woche mit einem anderen Mädchen treffen wollte - oder mit jemand anderes als Viv. Meine Anziehungskraft auf sie war eine Million Mal stärker als alles, was ich für andere empfunden hatte.

Je mehr ich darüber nachdachte, desto weniger spielte es eine Rolle, von wem der Text kam. Ob er nun von Noelle oder Freia oder jemand ganz anderem war, meine Antwort würde genau die gleiche sein.

Danke für die Glückwünsche, schrieb ich. *Ich bin sehr zufrieden mit meinem Welpen und meiner Beziehung. Ich hoffe, es geht dir auch gut und wünsche dir ein schönes Wochenende!*

War das gemein? Als ich gedatet habe, hätte ich eine solche Nachricht als Absage verstanden. Aber was konnte die Absenderin erwarten? Ich war offensichtlich glücklich - unglaublich glücklich und ich machte absolut kein Geheimnis daraus.

Ich konnte nicht glauben, wie gut die Welt die Nachricht aufgenommen hatte, dass Viv und ich als vorgetäuschtes Paar angefangen hatten. Die Resonanz war überwältigend positiv. Wenn überhaupt, fanden die Kommentatoren es süß, dass wir uns beide so lange voneinander ferngehalten hatten.

Ich fühlte mich immer noch, als käme ich etwas erbärmlich rüber, aber das war kleiner Preis dafür, dass die Last der Lüge von meinen Schultern genommen wurde. Noch wichtiger war, dass Viv glücklich war.

Als sie von der Hochzeit zurückkam, lag ich ausgestreckt auf der Couch und betrachtete mehr Blog-Kommentare auf meinem Handy.

"Schau", sagte ich. "Da ist einer von jemandem namens KThxBye2."

Sie fiel auf die Couch neben mir und schaute über meine Schulter. "Was steht da?"

"Dass wir schreckliche Menschen sind und wir uns selbst ficken sollten, dass wir eines Tages bekommen, was wir verdienen und dass sogar unser Hund hässlich ist."

"Glücklicherweise weiß ich genau, was ich mit so einem Kommentar machen soll. Ihre Meinung spielt keine Rolle und das hat sie auch nie getan."

Damit drückte sie die Löschen-Taste.

★

KAPITEL ACHTUNDDREISSIG

VIVIAN

Die Zeit verging, wenn man Spaß hatte. Anscheinend war so ein ganzes Jahr seit meinem ersten Date mit Sabrina vergangen.

Damit meinte ich die Zeit, als wir zur Kunstausstellung gegangen waren und uns schließlich geküsst haben. Sabrina hatte mich angefleht, vom Anfang unserer vorgetäuschten Beziehung an zu zählen, aber ich war nicht bereit, einen vorgetäuschten Jahrestag zu feiern.

Wie auch immer, ich hatte mehr Spaß gehabt, als ich je für möglich gehalten hätte. Sabrina war ein untrennbarer Teil meines Lebens und Lady war das erstaunlichste und bezauberndste Haustier, das ich mir wünschen konnte. Wir drei bildeten eine Einheit - eine unzertrennbare Familieneinheit, die, wie ich mir sicher war, für immer Bestand haben würde.

Wir hatten noch ein paar Gespräche über die Ehe geführt und wir waren uns einig, dass sie in naher und ferner Zukunft anstand. Zu meiner Überraschung wollte sie nicht etwas Zurückhaltendes, wie ich angenommen hatte.

"Zum einen nutze ich jede Gelegenheit, um eine Party zu veranstalten", sagte sie mir beim Abendessen in unserem Lieblingsrestaurant. "Und zum anderen muss dies die beste Hochzeit aller Zeiten sein, damit du darüber im Blog schreiben und sie als Beispiel für deine Kunden verwenden kannst."

"Es ist unsere Hochzeit", protestierte ich. "Es muss nicht unbedingt ums Geschäft gehen. Wir könnten ausnahmsweise mal etwas für uns machen." Jede romantische Sache, die wir unternahmen, wurde in dem Blog dokumentiert.

Bree zwinkerte mir schelmisch zu. "Dafür sind die Flitterwochen da."

So wurde es entschieden. Die Hochzeit sollte ein großes Ereignis werden, zu der wir alle einluden, die wir je getroffen hatten. Und...

"Ich nehme an, du wirst einen Smoking tragen?", fragte ich.

Sie wurde wütend. "Das ist das Ding mit Annahmen: Du denkst bereits, was ich tun sollte."

"Was wirst du anziehen?", fragte ich und gab noch einen Bissen von unserem Dessert ab.

"Ein Kleid." Sie ließ schüchtern ihren Blick fallen. "Es sei denn, du denkst, es würde seltsam aussehen."

"Nein, natürlich nicht. Ich habe dich nur noch nie eines tragen sehen oder etwas darüber sagen hören, eines tragen zu wollen." Ich konnte mir Bree nicht wirklich in einem dieser gerüschten, mehrschichtigen Kleider vorstellen. Bisher hatte ich immer angenommen, dass ich die Einzige in einem Kleid sein würde.

"Ich habe mir immer vorgestellt, wie ich eines für meine Hochzeit trage", sagte sie leise. "Ich weiß, dass es albern ist."

"Überhaupt nicht." Ich schob den Teller zu ihr hin und ließ sie den letzten Bissen Käsekuchen nehmen. "Du wirst unglaublich aussehen."

Unsere Hochzeitsgespräche gingen ab und zu weiter und nach einer Weile begannen sich unsere Gespräche mehr darauf zu konzentrieren, wann es passieren sollte.

"Ich denke, eine Sommerhochzeit wäre schön", sagte sie mir, als wir uns eines Nachts ins Bett kuschelten.

"Das wird uns nicht genug Zeit geben, um alles richtig zu planen. Selbst wenn ich jetzt anfangen würde, die Veranstaltungsorte anzurufen, würde es nicht früher als im Herbst gehen." Ich hielt inne. "Und, soll ich anfangen zu telefonieren? Ich meine, nichts ist offiziell."

"Was meinst du damit?" Sie zog sich zurück, um mir in die Augen zu sehen. "Wir haben ein halbes Jahr lang darüber gesprochen, zu heiraten. Worauf wollen wir warten?"

"Ich meine... einen Antrag?" Ich drückte mein Gesicht in das Kissen und fühlte mich plötzlich schüchtern.

"Du willst, dass ich dir einen Antrag mache?"

Ich sah sie widerstrebend wieder an. "Ich dachte nur...."

"Ich kann nicht glauben, dass du vorher nichts gesagt hast. Ich habe mich gefragt, warum du nicht angefangen hast, etwas zu planen."

"Warum sollte ich ohne einen Ring am Finger leben?"

Sie schüttelte den Kopf. "Ich hätte nie gedacht, dass ein offizieller Antrag notwendig wäre, wenn wir so viel darüber gesprochen haben. Wenn du einen willst, warum hast du mir dann keinen Antrag gemacht? Du bist die Romantikerin."

Meine Wangen wurden heiß. "Du bist die Selbstbewusste."

"Dachtest du wirklich, ich würde Nein sagen?"

"Nun..." In Ordnung, ich hatte nie gedacht, dass sie Nein sagen würde. "Ich schätze, ich wollte nur, dass du fragst."

"Ich frage dich gleich." Sie kletterte aus dem Bett und ging auf ein Knie, während ich mich hinsetzte.

Ich hatte Lust zu lachen - es war so seltsam, die nie ernsthafte Bree so etwas tun zu sehen. Aber als ich sie ansah, sah ich, dass ihre Gefühle echt waren. Ausnahmsweise einmal war sie völlig ernst.

"Vivian Smythe, du bist die Liebe meines Lebens", sagte sie leise. "Von dem Tag an, an dem wir uns trafen, hatte ich gehofft, das Glück zu haben, mein Leben mit dir zu verbringen. Und heute Abend möchte ich nichts lieber, als dieses Versprechen zu erfüllen. Würdest du mir die Ehre erweisen, meine Frau zu werden?"

Ich wollte sofort "Ja" sagen, aber die Worte blieben mir im Hals stecken. Ich wischte mir eine Träne aus dem Auge und flüsterte das Wort stattdessen.

"Es tut mir leid, dass ich keinen Ring für dich habe", sagte sie und kam hoch, um sich neben mich zu setzen.

Ich schüttelte den Kopf und räusperte mich. "Das ist in Ordnung. Was würden wir überhaupt tun, wenn beide Verlobungsringe tragen würden? Ich würde das Geld lieber für unsere Flitterwochen verwenden."

"So viel zur Romantik", neckte sie.

"Ich zeige dir was Romantisches." Ich schob sie auf das Bett.

Die nächsten Wochen waren... stressig, gelinde gesagt. Ich hatte immer gedacht, dass die Planung meiner eigenen Hochzeit genau wie die Planung eines anderen Paares sein würde. Ich lag völlig falsch.

Ich war immer etwas ungeduldig mit meinen Kunden, wenn sie unentschlossen waren. Ich verbarg meine Gefühle unter einem professionellen Furnier, aber sie waren da. Plötzlich verstand ich es. Jede Entscheidung schien monumental, vom Ort, den wir wählen würden, bis zu dem Tag, den wir wählen würden. Nicht zu vergessen, welche Bäckerei genau den Geschmack des Kuchens treffen würde, denn wir haben wollten.

Es war schwer genug, meine eigenen Vorlieben zu finden und dann gab es noch Sabrina, die ich ebenfalls befragen musste. Das sollte ein großer Tag für die wichtigste Person in meinem Leben werden und ich wollte sicherstellen, dass sie rundum zufrieden war. Das Problem war, dass sie anscheinend genauso über mich dachte.

"Ich glaube, ich mag den dreistufigen Kuchen", sagte ich in der Bäckerei.

Wir hatten diese spezielle Bäckerei erst nach vielen Diskussionen und stundenlangem Anblick von Online-Bildern ausgewählt, sodass alleine hier zu sein, eine Leistung war. Der Kuchen war eine der weniger dringenden Aufgaben, aber da wir so viel Ärger mit allem anderen hatten, hatten wir beschlossen, ihn zu wählen und jetzt zu bestellen.

"Bist du sicher?", fragte Sabrina.

"Natürlich bin ich mir sicher. Warum, welchen magst du?"

"Ich mag den dreistufigen Kuchen auch", sagte sie. "Aber vor weniger als einer Woche, als wir uns alles auf Pinterest angesehen haben, wolltest du nicht aufhören, über den fünfstufigen Kuchen zu reden."

Ich biss mir auf die Lippe, konnte mich nicht erinnern. "Das war damals und jetzt ist jetzt", sagte ich. "Ich mag diesen hier am liebsten. Du musst nicht alles infrage stellen."

"Perfekt, wir haben einen Konsens", sagte der Bäcker fröhlich. "Und wollt ihr, dass die Puderzuckerblüten zwischen den Rängen liegen? Oder an den Seiten?"

Ich atmete tief durch und warf einen Blick auf Sabrina. Sie betrachtete den Musterkuchen mit den Blumen an den Seiten, also schätzte ich, dass das ihr Liebling war. Oder stellte ich mich jetzt selbst infrage? Welchen mochte ich am liebsten?

"Wir bieten auch mehrstufige Cupcakes an", sagte der Bäcker und zeigte in Richtung anderer Kuchen. "Vanille, Schokolade oder..."

"Mir ist gerade aufgefallen, dass wir nur über die Dekoration gesprochen haben", sagte Sabrina und ihre Augen wurden weit. "Viv! Wir müssen noch über den Geschmack entscheiden!"

Der Stress in ihrem Gesicht sagte mir, dass sie kurz vor einem Zusammenbruch stand.

"Wir werden darüber nachdenken", sagte ich dem Bäcker und zog Sabrina aus der Bäckerei.

★

KAPITEL NEUNUNDDREISSIG

SABRINA

Einen Monat nach der offiziellen Verlobung mussten wir uns schon für einen Kuchen entscheiden. Oder einen Ort. Oder... so ziemlich alles andere.

Das Einzige, worüber wir uns sicher waren, war unsere Brautparty. Unsere Freundesgruppe war so miteinander verbunden, dass wir unsere Brautjungfern zusammen ausgewählt hatten, anstatt getrennte zu haben. Georgia, Erin, Jen und Deanne würden diese Aufgabe übernehmen.

Ich konnte nicht glauben, wie gestresst Viv wegen der ganzen Sache war. Ich hätte gedacht, dass die Heirat mit einer Hochzeitsplanerin ein Spaziergang sein würde, wenn man bedachte, dass sie eine Expertin für alles war, was mit Heiraten zu tun hatte. In Wirklichkeit hatte ich sie noch nie so ängstlich gesehen.

Ich wusste, dass es ernst war, als ich sie um zwei Uhr morgens beim Anschauen von Webseiten von Fotografen erwischte. Sie war um diese Zeit nie wach. Manchmal ging ich mit Lady mitten in der Nacht raus, wenn sie wirklich sehr aktiv war, aber Viv musste die Nacht durchschlafen, sonst war sie morgens in schlechter Stimmung.

"Warum machst du das jetzt?", fragte ich, saß im Bett und starrte auf den Computer. Der Bildschirm leuchtete blaues Licht in den dunklen Raum und gab der Szene eine unheimliche Atmosphäre.

"Ich konnte nicht schlafen."

Gähnend stand ich auf und schaltete das Licht ein. Lady, die zusammengerollt an der Bettkante lag, öffnete ihre Augen und starrte mich vorwurfsvoll an.

"Aber Fotografen? Wirklich?" Ich setzte mich auf das Bett. "Hast du keine gute Vorstellung davon, wen wir einstellen sollen? Du hast mit so vielen zusammengearbeitet, dass du wissen musst, wer der Beste ist."

Viv drehte ihren Stuhl um, um mich anzusehen. "Es gibt keinen Besten. Alle sind gut. Die Frage ist: Wer ist der Beste für uns?"

"Wenn sie alle gut sind, können wir uns nicht einfach einen aussuchen?"

"Nein! Wir reden über die Person, die den wichtigsten Tag unseres Lebens festhalten wird. Der Fotograf muss uns als Paar verstehen, eine Vision unserer Liebe zueinander vermitteln... Wenn wir nicht die richtige Person auswählen, werden die Bilder, die wir für den Rest unseres Lebens an der Wand haben werden, ganz falsch sein!"

"Du planst bereits, wo wir die Bilder aufhängen werden?", fragte ich mit einem Grinsen.

"Natürlich." Wenn sie meinen neckischen Ton bemerkte, zeigte sie es nicht. "Ich dachte, wir könnten einen schönen

Collage-Rahmen kaufen und ihn über die Couch im Wohnzimmer hängen. Ich würde ein paar mehr in mein Büro stellen, wenn ich ein echtes Büro habe, damit meine Kunden sie sehen können. Oder ist das für dich nicht in Ordnung? Ich habe nicht einmal daran gedacht, es mit dir zu besprechen!"

"Viv...." Ich winkte sie zu mir und sie kam widerstrebend zu mir auf das Bett. "Du flippst aus."

"Nur ein wenig." Sie zitterte in meinen Armen. "Es sind nur noch zehn Monate übrig und sobald wir den Fotografen ausgewählt haben, gibt es noch die Gästeliste und die Einladungen und unsere Kleider und die Kleider der Brautjungfern und die Band und den Floristen und den Caterer und..."

Sie hätte vielleicht noch eine Stunde weitermachen können, wenn ich sie nicht mit dem Finger auf den Lippen unterbrochen hätte. "Scheiß darauf."

"Was?"

"Ich sagte, scheiß darauf." Ich stand auf und schlug ihren Computer zu. "Dass wir verheiratet sind, ist das Wichtigste, nicht die dumme Party. Lass uns jetzt Tickets nach Vegas kaufen und vor einem Elvis-Imitator heiraten."

Zuerst runzelte sie die Stirn... und dann lächelte sie. Ein wenig Hoffnung schimmerte in ihren Augen und ich dachte, ich wäre zu ihr durchgedrungen. "Aber... welcher Elvis-Imitator?", fragte sie mit leiser Stimme.

"Wen interessiert das?" Ich warf meine Hände in die Höhe. "Der erste, dem wir begegnen! Der Elvis-Imitator ist nicht der Punkt, Viv!"

"Ich verstehe schon. Das tue ich wirklich." Sie sah nicht so aus, als hätte sie es verstanden. Sie sah verängstigt aus. "Ich mag diese Idee, aber du wolltest eine große Hochzeit... Du hast immer davon geträumt..."

"Scheiß darauf! Scheiß auf das Ganze! Es ist mir egal." Ich packte ihre Hände und schaute ihr direkt in die Augen. "Ich will deine Frau sein und der Rest ist mir egal. Selbst deine Frau zu sein, ist zweitrangig, solange du glücklich und zufrieden bist. Und im Moment bist du es nicht."

"Aber meine Klienten..." Sie biss sich auf die Lippe. "Der Blog... und sogar meine Eltern..."

"Sie werden es verstehen." Ich zögerte. Ihre Eltern waren vielleicht nicht so einfach auszuschließen wie ihre Kunden und dann gab es auch noch meine. Die Idee war mir spontan gekommen - ich hätte wahrscheinlich mehr Zeit damit verbringen sollen, darüber nachzudenken, bevor ich sie ihr gegenüber aufbrachte. "Wir werden einen Weg finden, damit sie es verstehen. Wir werden darüber nachdenken." Ich gähnte wieder. "Am Morgen. Würdest du bitte wieder zu mir ins Bett kommen?"

Die Nacht war alles, was wir brauchten, um eine Entscheidung zu treffen. Ehrlich gesagt, für mich, um eine zu treffen. Als ich Ruhe zum Nachdenken hatte, war die Antwort offensichtlich. Ich kaufte zwei Tickets nach Vegas für den Morgen und präsentierte sie Vivian, sobald sie aufgewacht war.

"Bist du verrückt?", fragte sie, und nach der Art und Weise, wie ihr Gesicht erblasste, dachte ich, sie könnte tatsächlich ohnmächtig werden. "Dieser Flug geht in drei Stunden!"

"Was bedeutet, dass wir keine Zeit haben, darüber nachzudenken." Ich reichte ihr eine Reisetasche, die ich freundlicherweise bereits gepackt hatte. "Ich habe bereits ein Uber zum Flughafen gerufen. Lass uns nicht zu spät kommen. Ich würde nicht wollen, dass in unserer Hochzeitsnacht etwas schiefgeht."

"Aber... aber... aber..." Ihre Hand flog zu ihrem Herzen. "Willst du wirklich heute Abend heiraten?"

"Das ist der Plan", sagte ich ihr. "Und wenn das vorbei ist, haben wir zehn Monate Zeit, um die beste verdammte Party zu planen, die je veranstaltet worden ist."

★

KAPITEL VIERZIG

VIVIAN

"Sind Sie sicher, dass Sie nicht ein Glas Wein wollen?", fragte die Flugbegleiterin.

"Nein, alles in Ordnung." Ich griff nach den Armlehnen, um zu verhindern, dass meine Hände zitterten und Sabrina tätschelte meine Hand.

Die Flugbegleiterin blickte sich um und lehnte sich dann hinüber, um mir ins Ohr zu flüstern. "Früher hatte ich auch Angst vor dem Fliegen. Ich habe etwas Valium in meiner Tasche, wenn Sie möchten. Denn ich hasse es, wenn einer meiner Passagiere so nervös aussieht."

Ich lachte zitternd. "Das ist sehr großzügig von Ihnen, aber ich verspreche Ihnen, dass es mir gut geht." Ich atmete tief durch. "Ich werde meine Flugangst überwinden."

Vielleicht hatte ich Angst vor dem Flug, denn so nervös wegen des Heiratens zu sein, ergab keinen Sinn. Von diesem Moment hatte ich seit dem Tag geträumt, seitdem ich mit Sabrina zusammen war. Eigentlich hatte ein Teil von mir bereits davon geträumt, seit dem Tag, an dem ich sie zum ersten Mal getroffen habe.

Ich war mir hundertprozentig sicher, dass ich sie heiraten wollte. Die Idee, dass es für immer sein sollte, machte mir keine Angst. Ich konnte es kaum erwarten, einen Ring am Finger zu haben, auch wenn es nur ein billiges Stück Plastik sein würde, das in der Elvis-Kapelle verkauft wurde, wo wir heiraten würden.

"Du hattest Recht", murmelte ich Bree zu. "Ich flippe schon genug aus. Ich wäre zusammengebrochen, bevor ich es durch eine große, ausgefallene Zeremonie geschafft hätte."

"Wir bringen dich da durch." Sie klopfte der Flugbegleiterin auf die Schulter - sie war nicht zu weit weggegangen. "Könnten wir zwei Gläser Champagner bekommen? Und zwei Tequila-Shots?"

Der Flug ging schneller vorbei, als wir anfingen, uns zu betrinken. Ich hatte mir nie vorgestellt, bei meiner Hochzeit betrunken zu sein, aber an diesem Punkt schien es mir die beste Option zu sein. Mit dem Alkohol, der meine Nerven beruhigte, war alles urkomisch und der bedeutsame Anlass schien mehr Spaß als Stress zu machen. Wir kicherten und neckten uns so sehr, dass unsere Sitznachbarn uns Blicke zuwarfen.

Zwei Stunden nach dem Start war Sabrina betrunken genug, um der Flugbegleiterin lautstark zu sagen, warum wir nach Las Vegas flogen. Sie gab uns eine volle Flasche Wein umsonst und sogar unsere Sitznachbarn gratulierten uns.

Nach fünfeinhalb Stunden kamen wir am McCarran International Flughafen an. Da wir nur Handgepäck hatten, umgingen wir die Gepäckausgabe und gingen direkt zum Taxistand.

"Könntest du uns zu deiner Lieblings-Hochzeitskapelle bringen?", fragte Bree den Fahrer.

"Ich kenne den perfekten Ort. Full-Service, alles inklusive."

Ich schnallte mir den Sicherheitsgurt an und wurde wieder nervöser. Das passierte alles wirklich.

Bree packte meine Hand, als das Radio anfing "I Was Made For Loving You" zu spielen. Bree sang mit und dann schloss ich mich an. Wir tanzten auf unseren Sitzen und waren schneller in der Kapelle, als ich geahnt hatte.

Die Kapelle war klein und süß, mit weißen Blumen überall und weißen Vorhängen, die die Wände bedeckten. Ich ging zurück, als Sabrina mit der Empfangsdame sprach. Eine Minute später kam sie zu mir zurück. "Ich habe die Heiratsurkunde bezahlt und sie können uns in zehn Minuten rannehmen."

"Oh mein Gott." Mein Herz schlug wilder als je zuvor. Der Schwips war definitiv weg - ich fühlte mich nüchterner als je zuvor in meinem Leben. "Es passiert wirklich - wirklich, wirklich."

"Yeah", grinste Bree.

"Warte mal einen Moment. Was werden wir anziehen? Ich habe nicht einmal darüber nachgedacht - ich kann dich nicht in Jeans und Sweatshirt heiraten!"

"Zum Glück für dich hat deine Verlobte darüber nachgedacht." Sie zeigte auf die Reisetasche, die ich noch bei mir hatte. "Mach schon und öffne sie."

Kaum hatte ich den Reißverschluss aufgemacht, schimmerte mich ein hellblauer Stoff an. Ich wusste sofort, was es war.

"Das Kleid von unserem ersten Date", sagte ich und erstickte. "Es ist perfekt."

"Und ich werde den Anzug tragen, den ich in dieser Nacht trug. Ich werde das Hochzeitskleid für unsere große Party im nächsten Jahr aufheben."

Wir zogen uns in getrennten Umkleidekabinen um und trafen uns dann wieder vor dem Spiegel. "Ich habe deinen ganzen Make-up-Beutel mitgenommen", sagte sie mir. "Ich weiß nicht wirklich, was du benutzt, oder was auch immer."

"Oh mein Gott, welchen Lippenstift soll ich tragen?"

Ich eilte durch meine Make-up-Routine und frischte mein Make-up auf. Ich nahm schließlich den rosa Lippenstift, den ich die ganze Zeit trug, und dachte mir, dass ich wie ich selbst aussehen sollte, anstatt einen glamourösen oder dramatischen Look aufzusetzen.

"Hey, denkst du, dass etwas davon an mir gut aussehen würde?", fragte Bree, als ich mit meinem Lidschatten fertig war.

"Wirklich?" Sie hatte nie Interesse an Make-up bekundet.

Sie wurde rot. "Ich dachte nur, da es ein besonderer Anlass ist..."

"Der allerbeste."

Ohne weitere Fragen griff ich mir einen sauberen Lidschattenpinsel. Es passte zu ihrer üblichen Ästhetik und ließ sie gleichzeitig zehnmal temperamentvoller und verführerischer aussehen.

Wir waren zu spät, als ich fertig war. Aber zum Glück wartete niemand darauf, nach uns zu heiraten. Ich klammerte mich an ihre Hand, als wir in den Hauptteil der

Kapelle gingen. Die Beamtin lächelte uns an - es war kein Elvis-Imitator, sondern eine ältere Frau in einem einfachen schwarzen Kleid. Hinter ihr stand ein ähnlich gekleideter Mann, der eine Sofortbild-Kamera hielt.

Die Zeremonie verlief schnell. Die Frau sprach über die Bedeutung der Ehe und dann sagten wir unsere Gelübde. "Willst du, Sabrina, Vivian zu deiner rechtmäßig angetrauten Frau nehmen?"

"Ja, ich will", atmete Bree aus.

"Und nimmst du, Vivian, Sabrina zu deiner rechtmäßig angetrauten Frau?"

"Das tue ich."

Wir schoben die Ringe, die die Kapelle zur Verfügung gestellt hatte, auf die Finger des anderen und küssten uns dann kurz. Die Beamtin machte eine Art letzte Äußerung, von der ich kein Wort verstand, da ich Sabrina in die Augen starrte.

Wir waren verheiratet. Sie war meine Frau. So oft ich die Worte in meinem Kopf wiederholte, konnte ich nicht glauben, dass sie sich real anfühlten. Vielleicht würde ich in einem Jahr oder so anfangen zu glauben, dass das tatsächlich nun mein Leben war.

Ich klammerte mich an ihre Hand, als wir zurück in die Eingangshalle gingen. "Unser Limousinenservice wartet darauf, Sie dorthin zu bringen, wo Sie hinwollen", sagte uns die Empfangsdame.

"Scheiße!" Ich legte eine Hand auf meine Stirn. "Ich habe nicht einmal daran gedacht..."

"Es ist alles unter Kontrolle", sagte Bree und nannte der Frau eine Adresse.

Etwas später checkten wir in die Honeymoon-Suite in einem der teuersten Hotels der Stadt ein. "Heilige Scheiße, Sabrina..."

"Ich wusste, dass du protestieren würdest, wenn ich es dir im Voraus gesagt hätte." Sie steckte die Schlüsselkarte in das Schloss und schob mich durch die Tür. "Genieße es einfach. Es gibt nur eine Hochzeitsnacht."

"In unserem Fall bekommen wir zwei."

Sie rollte mit den Augen. "Genieße es!"

Ich sah mich kurz um. Alles war luxuriös - diese Suite musste die Größe unserer Wohnung haben und die Möblierung war wesentlich teurer. Zwei Flaschen Champagner kühlten in einem Eimer und ein Menü des Zimmerservice lag daneben auf dem Schreibtisch. Die purpurrote und weiße Polsterung gab dem Ort eine romantische Atmosphäre und ein raumhohes Fenster erlaubte den Blick auf die Stadt.

Noch wichtiger war, dass die Rosenblätter, die über dem Boden verstreut waren, den Weg zu dem ebneten, von dem ich annahm, dass es das Schlafzimmer war. "Ich weiß, wie ich das genießen will", sagte ich - dann schrie ich auf, als sie mich in ihre Arme nahm.

Die nächste Herausforderung bestand darin, herauszufinden, wie man auf das Bett kam. Es war eines dieser Baldachin-Betten, kreisförmig und in rot-weiße Vorhänge gehüllt, und es war etwa vier Fuß über dem Boden.

"Ich werde dir einen Schubs geben", sagte Bree und verschränkte ihre Hände, um einen Schritt für mich zu machen. "Hup!"

Jetzt war ich oben, aber was war mit ihr - meiner neuen Frau? "Ich ziehe dich hoch." Ich streckte ihr meine Hände entgegen und mit viel Mühe schaffte sie es auf das Bett. Ich ließ meinen Kopf auf das Kissen fallen. "Oh, da ist eine Stufe auf der anderen Seite."

"Lass sie uns später ausprobieren", sagte Bree nur.

Sie legte sich neben mich und fing an mich zu küssen.

Vergiss den Wein, den Champagner und jedes andere alkoholische Getränk, das ich je getrunken habe. Der Kuss meiner Frau war tausendmal berauschender als alles andere jemals zuvor.

Ich ergab mich dem Kuss und als ich fühlte, wie ihre Hand unter den Ausschnitt meines Kleides glitt, gab ich auch dem nach.

"Ich erinnere mich, wie sehr ich das tun wollte, als ich dich das erste Mal sah", murmelte sie.

"Komisch zu denken, dass ich dich nicht gelassen hätte. Ich war mir so sicher, dass du mich nur austricksen wolltest."

Ihre Handfläche glitt über meine Brustwarze und ließ mich atemlos zurück, als sie die Schnürung auf der Rückseite löste und das Kleid bis zu meiner Taille herunterzog. "Komisch zu denken, dass ich ein anderes Mädchen nicht zweimal angeschaut habe, seit ich dich habe."

Sie rutschte nach unten, zog das Kleid den ganzen Weg über aus und zog mein Höschen dazu aus. Ich spreizte meine Beine und pochte bereits vor Verlangen.

"Ich schätze, ich sollte mir Zeit nehmen, das alles romantisch machen und so, aber ich kann es wirklich, wirklich nicht erwarten, dich jetzt zu lecken."

Ein Schaudern ging durch mich hindurch. "Ich will nicht, dass du wartest."

Sie sah mich so verführerisch an, wie ich es noch nie gesehen hatte, als sie ihren Kopf hinabsenkte. Die ersten Wirbelbewegungen ihrer Zunge brachten mich zum Beben und ich fragte mich kurz, wie sie das in den wenigen Augenblicken geschafft hatte. Die Antwort war offensichtlich. Der ganze Tag war das Vorspiel für diesen Moment gewesen.

Ihre Finger arbeiteten in mir und sie blickte mit einem Lächeln auf. "Ist der Funke erloschen, da wir verheiratet sind?"

Ich fuhr mit meinen Fingern durch ihr Haar und schlang meine Beine um ihren Rücken, um sie dahin zu führen, wo ich sie brauchte. "Der Funke ist sehr lebendig." Ihre Zunge wirbelte wieder um meine Knospe und ich stöhnte auf. Ich musste mich sammeln, bevor ich weitermachen konnte. "Eigentlich denke ich, dass der Funke entflammter denn je sein könnte."

Sie leckte ihre Lippen und sagte: "Ich kann es kaum erwarten, es herauszufinden."

★

KAPITEL EINUNDVIERZIG

LADY

ZEHN MONATE SPÄTER

Ruff, ruff, ruff, ruffruffruffruff! So belle ich, wenn ich wirklich, wirklich glücklich bin! Ich habe heute den ganzen Tag auf der Hochzeit meiner Mütter verbracht. Ich war die Ringträgerin und ich war sooo gut darin! Schau dir diese Bilder an, auf denen ich abgelenkt werde und mich den Gang runter auf halbem Wege verlaufe.

Auch wenn das das Beste war - der ganze Tag hat so viel Spaß gemacht! Alles begann um 14 Uhr, als Mami Viv und Mami Bree mit mir in eine Limousine stiegen. Ich habe noch nie zuvor meinen Kopf aus einem so langen Fenster gesteckt!

Nach einer Stunde kamen wir im Nationalpark an. Ich stieg aus und schnüffelte überall herum, während meine Mütter sich fertig machten. Mommy Viv ist die beste Hochzeitsplanerin aller Zeiten, also lief alles super perfekt. Natürlich half es ihr, dass sie viel Hilfe von Mami Bree und ihren Freundinnen und Familien erhielt.

Die Zeremonie war absolut schön und ich sage das nicht nur, weil jede zweite Person mir Hundeleckereien gab! Hier sind ein paar Aufnahmen von ihnen, wie sie zusammen den Gang zum Altar hinunterschreiten. Sind ihre weißen Kleider nicht hübsch? Ich mochte es besonders, als der Pastor sagte, dass sie sich küssen dürfen. Ich konnte riechen, wie glücklich sie beide waren und es machte mich auch glücklich!

Du wunderst dich wahrscheinlich, warum sie so viel Aufruhr machen, wenn sie doch bereits vor einem Jahr legal geheiratet haben. Die Antwort ist, dass sie wirklich einen besonderen Tag für alle ihre Lieben zum Feiern wollten. Deshalb haben sie alle unsere Blog-Follower eingeladen, nach der Zeremonie zur Party zu kommen. Bist du gekommen? Schreibe einen Kommentar, wenn du es getan hast!

Die Party war der beste Teil des ganzen Tages. Ich lief herum und habe so viele Leute getroffen. Ich habe viele neue Kuscheltiere bekommen und als das Buffet eröffnet wurde, auch viele Snacks! Die Hochzeitstorte war eine dreistufige Schokoladen-Vanille-Torte und obwohl ich kein Stück davon haben durfte, roch sie so gut!

Im Moment wohne ich bei zwei meiner Tanten, während Mami Viv und Mami Bree auf Hochzeitsreise nach Puerto Vallarta gehen. Hier sind noch ein paar weitere Bilder von ihrem besonderen Tag. Ich werde mehr über unsere nächsten Abenteuer schreiben, wenn sie zurückkommen!

★

EPILOG

ZWEI JAHRE SPÄTER - SABRINA

Ich stieg aus der U-Bahn und hielt Reginas Hand fest. Die Vierjährige war hervorragend darin, sich aus der Hand zu winden und verloren zu gehen, selbst wenn sowohl ich als auch Viv auf sie aufpassten.

Es half nicht, dass Lady an der Leine auch mitmachte. Obwohl sie seit ihrer Welpenzeit viel ruhiger geworden war, konnte sie auf Knopfdruck hyperaktiv werden.

"Kann ich ein Eis haben?", fragte Regina und zeigte auf den Straßenverkäufer an der Ecke.

"Wir sind fast zu Hause", sagte Viv zu ihr. "Du kannst deine Mütter nach einem Eis fragen, wenn du zu Hause bist."

Regina schmollte. "Aber ich will jetzt ein Eis."

Das kleine Mädchen gehörte zu unseren Freundinnen Erin und Georgia, die kurz nach meiner und Vivs Hochzeit in Las Vegas ein Paar geworden waren. Wie wir waren sie eine

Weile befreundet gewesen - aber sie waren, ohne all den Kummer und das Drama, das wir durchgemacht hatten, ein Paar geworden.

Das sollte nicht heißen, dass ich die Art und Weise, wie die Dinge geschehen sind, bereue. Unsere vierjährige Freundschaft hatte es mir ermöglicht, Viv in- und auswendig kennenzulernen, bevor wir mit dem Dating begannen. Und wenn man bedenkt, dass wir ein Leben lang glücklich sein würden, dann war es nicht so schlimm, wenn man vier Jahre lang dachte, dass wir nur Freundinnen waren.

Erin und Georgia waren schnell wie wir, wenn es ums Heiraten ging. Sie wollten auch unbedingt eine Familie gründen und vor einigen Monaten war ihre Adoption genehmigt worden. Viv und ich hatten auf Regina aufgepasst, um den beiden etwas Zeit für sich zu geben. Aber jetzt musste sie zurück nach Hause.

Aber nicht, ohne dem Kind ein Eis zu kaufen. "Welche Sorte willst du?", fragte ich und zog meine Brieftasche aus meiner Tasche, als ich zum Eisstand ging. Viv rollte mit den Augen und trat zurück, hielt Reginas Hand und die Leine von Lady.

"Erdbeere!", rief Regina und klatschte vor Freude mit den Händen. "Warte, Schokolade! Schokoladen-Erdbeere!"

"Ich glaube nicht, dass man beides bekommen kann, Schatz", sagte Viv zu ihr.

"Natürlich kann sie das." Die großmütterlich aussehende Frau, die das Eis servierte, hielt ihre Kugel hoch. "Becher oder Waffel?"

"Sie wird einen Becher nehmen", sagte Viv, genau als Regina rief: "Waffel!"

"Eine Waffel könnte schwierig werden", murmelte Viv zu mir.

Ich zuckte mit den Schultern. "Wir wissen beide, dass Waffeln zehnmal mehr Spaß machen. Wenn sie es fallen lässt, können wir ihr ein neues Eis kaufen."

"Das ist die richtige Einstellung", sagte die Eisverkäuferin und holte etwas Eis, als Regina jubelte. "Ihr seid eine wirklich süße Familie. Wie alt ist sie?"

"Oh, das sind wir nicht...", fing Viv an zu sagen.

Ich hätte es dabei belassen sollen... aber etwas Unerklärliches kam über mich. "Vier", sagte ich. "Sie ist vier Jahre alt. Und danke. Unsere Adoption wurde erst kürzlich genehmigt und wir könnten nicht glücklicher sein."

"Bree...", sagte Viv in einem warnenden Tonfall.

Wenn die Dame es gehört hatte, schien sie es nicht zu bemerken. "Wie wunderbar. Wie ist ihr Name?"

"Ich bin Regina!", sagte Regina stolz.

Viv verzog das Gesicht. "Komm schon, Bree."

Ich bezahlte das Eis und nahm dann wieder Reginas Hand. Es war überraschend schön, mit einem kleinen Kind rumzuhängen und sie zu verwöhnen. Ich konnte mir vorstellen, dass ich das öfter machte. Wie... jeden Tag.

"Du weißt, was passiert ist, als du das letzte Mal so etwas gemacht hast", sagte Viv, als wir gingen. "Du weißt schon."

"Sicher", grinste ich. "Ich habe die beiden besten Dinge in meinem Leben bekommen - Lady und dich."

Ihre Schritte wurden langsamer und ihr Gesicht wurde ernst. "Aber du bist noch nicht soweit, eine Mutter zu sein... oder?"

Ich hatte in letzter Zeit immer mehr darüber nachgedacht und es war schwer zu sagen. Wir waren jetzt beide etabliert. Vivians Geschäft mit der Hochzeitsplanung hatte sich ausgeweitet, sodass sie jetzt vier Angestellte und ein Büro hatte, das von der schönen neuen Eigentumswohnung abgetrennt war, in die wir gerade gezogen waren.

Ich war ein paar Mal in dem Unternehmen befördert worden, wo ich als Datenerfasserin angefangen hatte.

Außerdem betrieben wir noch den Blog über Lady, der zusätzliches Geld einbrachte. Geld war also kein Problem.

Emotional jedoch... war es überhaupt möglich, sich völlig bereit zu fühlen, Eltern zu werden? Ich hatte das Gefühl, dass, egal wie lange wir darauf warteten, ein Kind in unser Leben zu bringen, es sich immer noch wie eine impulsive Entscheidung anfühlen würde.

Die Sache war aber die, dass impulsive Entscheidungen in der Vergangenheit immer gut für mich ausgegangen waren.

"Ich weiß nicht", sagte ich schließlich. "Bist du das?"

Immer noch neben uns trabend, stieß Lady ein leises Jammern aus.

"Ich denke, das bedeutet, dass sie bereit ist für ein kleines Geschwisterkind", sagte Viv.

Ich biss mir auf die Lippe und versuchte, das riesige Grinsen zu zügeln, das drohte, mein Gesicht zu erobern. "Dann denke ich, ist es Zeit für uns, ihr eines zu erfüllen."

★

Für Presseanfragen wenden Sie sich bitte an **Cheeky Loris.**

★

PMB #188

13170 Central Ave SE Suite B

Albuquerque, NM 87123

USA

Printed in Poland
by Amazon Fulfillment
Poland Sp. z o.o., Wrocław

40364277R00121